通学途中

～君と僕の部屋～

通学途中 目次

撮影：森山竜男　モデル：瀬戸康史　大政絢　スタイリスト：近藤久美子
ヘアメイク：小山恵（瀬戸さん分）　大島清子（ロライマ/大政さん分）
衣装協力：ライトオン（瀬戸さん分）　Pinky Girls、サルース（大政さん分）

一《いち》条《じょう》佑《ゆ》紀《き》

進学校の西高に通う女子高生のユキ。
大人しくて、引っ込み思案な性格。
一条病院の院長を父に持つが、
お嬢様と特別扱いされることには違和感を持つ。
最近の楽しみは、塾へ行く前にコンビニに立ち寄ること。
あの人に会うために…♥

羽《は》柴《しば》紘《こう》

ユキと同じく西高の生徒。
成績は常にトップ、絵を描く才能もずば抜けていて
学校では目立つ存在。

登場人物紹介

吉《よし》沢《ざわ》恭《きょう》介《すけ》

ユキが学校帰りに立ち寄るコンビニでバイトしている。
東高に通っているらしい。すごく優しい。

春《はる》川《かわ》彼《か》方《なた》

恭介と一緒にアルバイトをしている東高生。
無愛想に見えるけど、実は優しい一面も。

荒《あら》木《き》由《ゆ》香《か》

恭介の彼女で、恭介大好き!!
メイクとおしゃれに夢中な女子高生。

■コンビニ■

「いらっしゃいませ」
コンビニに来ると、まず雑誌コーナーに目がいってしまう。
新しい雑誌のオマケに目移りしながら、結局、飲み物コーナーに足が進む。
きな粉《こ》ソーダなんて、すごいもの売ってるなあ。
開発した人は売れるって思って出したのかな？
でも来月には売ってなさそう。
なんて考えながら、いつも買う烏龍茶《ウーロン》を手に取る。
新製品のチョコレートも気になる。
だけど、太るしニキビが出そうだし今日は我慢《がまん》。
そして、私はレジへ向かう。
「いらっしゃいませ」
また、「いらっしゃいませ」を言われる。
最初から「いらっしゃいませ」の声を聞いて、分かってた。
今日は、彼がいる日だって。
他のお客さんが買い物していないタイミングを見計らって、レジに烏龍茶を置く。
彼はよく気がきく人だから、お客さんを待たせたりしない。
だから直《す》ぐに来てくれる。
「いらっしゃいませ」
ニコニコと愛想《あいそ》良く、元気いっぱいな声で、いらっしゃいませを言われる。
私、この言葉《ことば》を自分だけに言って欲しくて、ワザとアチコチ歩いてたんだ。
「あの、肉まん一つください」

「かしこまりました」
彼の笑顔を直視できなくて、下ばっかり見てる私。
彼は背が高いから、私の視線のちょうど先にネームプレートが見える。
「吉沢《よしざわ》」さん。
彼は、私がよく行くコンビニ店員のアルバイトの吉沢さん。
テキパキと肉まんを保温器から取り出している彼を、横目でコッソリ見る。
茶色い髪に大きな瞳《ひとみ》、かわいカッコイイ感じ。
吉沢さんに会えると、嬉《うれ》しいけど緊張してドキドキして泣きそうになって笑ってしまいそうになる。
色にしたら、きっとマーブル。
そうそう。マーブルチョコレートみたいな感じ。
ピンク、イエロー、グリーン、ブルー……
今度、そんな絵を描いてみようかな。
部室のキャンバス、在庫あったっけ？
「お待たせしました」
「あ！　はいっ！」
ぼんやりしてたら、いつの間にか吉沢さんがレジに戻っていた。
慌《あわ》てて会計を済ませる。
「おしぼりはおつけしますか？」
「はい」
「熱いのでお気をつけください」
吉沢さんがコンビニ袋を渡してくれる。
その時、手が触れてしまって、思わずビクビクしてしまう。
ダメだ。
ここは、平常心でいなければ。

何故《なぜ》ならば、私と吉沢さんは客と店員。
ただそれだけの間柄。
でも、多分。
年はそんなに変わらないと思う。
吉沢さんの履《は》いているズボンは、東校のものだから。
すごいなって思う。
私には、バイトなんてできそうにないし。
吉沢さんは、すごい。
「ありがとうございました」
勇気を出して吉沢さんの顔を正面から見た。
ニッコリ笑顔。
フルスマイル。
キラキラ～って感じの、その笑顔を見ているだけで癒《いや》されてしまう。
最近なんだ。
私が、彼をマトモに見れるようになったのは。
初めて、このコンビニで彼を見た時。
なんて言っていいのかな？
私と違いすぎて焦《あせ》ったと言うか。
男の子と面識がない私には、衝撃《しょうげき》的だったと言うか。
一応、共学の高校に通っている私だけど、こんなに爽《さわ》やかな男子を見たのは初めてだった。
うわあああってなった。
心臓が、壊《こわ》れてしまったみたいにドキドキと高鳴った。
「ありがとうございました」
吉沢さんが、また笑う。
どうやったらそんな風にカッコよく髪型セットできるの？

元々素敵《すてき》なのに更に素敵だよ、吉沢さん。
もっともっと吉沢さんを見ていたいけど、私はお客さんだから、それ以上は吉沢さんを見てはいけないんだ。
本日の吉沢さんタイム終了。
残念な気持ちと、吉沢さんに会えた嬉しい気持ちと、ホカホカの肉まんを抱えてコンビニを後にした。
吉沢さんは、肉まんみたい。
見かけると嬉しくなって、心がぽかぽかになる。
でも、肉まんのように気軽には買えない。
コンビニの隣には小さな公園がある。
私はそこで、肉まんを食べた。
授業が終わったら部活に出て、その後、塾に行く。
だいたい、家に帰ると9時を過ぎている。
そうなると、夕食が9時を過ぎてしまう。
9時過ぎの夕食なんて、太ってしまうし嫌だけど仕方ない。
でも9時までなんて待てないよ。
お腹がすきすぎて、勉強どころじゃなくなってしまう。
だから、間食してから塾に行くんだ。
お腹ペコペコより、全然いい。
私は肉まんを食べ終えると、塾へと向かった。
学校→コンビニ→塾。
これが、私の日常。

「ユキ、こっちだよ！」
「美咲《みさき》ちゃん」
私は、久しぶりに会った友達を見て驚いた。
「よかった、最近見なかったから、塾やめたのかと思ったよ」

「うん。本当はやめる気だったんだけどね……ここの塾、うちの学校の授業内容とは合わないから。私、東校でしょ？　レベル低すぎて追いつけないの」
「………………」
「家の近くだから東校にしたけど、ユキと同じ西校にすればよかったな」
美咲ちゃんは、困ったように笑った。
彼女とは、塾で一番仲の良い友達だ。
「西校のセーラー可愛《かわい》いよね。クラシックで」
「そ、そうかな？　地味だと思うけど……昔から制服のデザイン変わってないみたいだから」
「憧《あこが》れるよ。頭いいって感じ。お嬢様《じょうさま》〜みたいな。あ、ユキは一条《いちじょう》病院の、本物のお嬢様だっけ」
お嬢様って言われると困ってしまう。
私は、お嬢様なのかな？
よく分からない。
パパが開業医だから、時々そう言われてしまうのは事実だけど、余りいい気分では、ない。
なんだか、普通じゃないって差別されている気がするから。
「私は、東校いいと思うな。カッコイイ男の子多くて」
「……確かに。西校の男子って、イケてないよね」
美咲ちゃんの言葉に苦笑してしまう。
うちの高校は校則が厳しいから、オシャレなんてもってのほか。
私もイケてないし、メイクなんてしたことない。
「高校よりも最終学歴さえよければいいって思ってたけど、簡単にはいかないね」
「美咲ちゃん……」

「なんで家から徒歩で行けるからって東校にしたんだろう。失敗したよ。志望大学の合格歴見たけど、東校からじゃ絶望的みたい。西校なら80%の合格率なのに……」
「そうなの？」
「うん。やっぱり、授業内容遅れてるのはキツイよ。最悪、教科書のページ飛ばす時あるもん」
「えっ！」
「あはは。西校じゃ考えられないよね」
美咲ちゃんは、はあと溜《た》め息《いき》をついた。
でも、美咲ちゃんは偉《えら》いと思う。
ちゃんと今から進路を決めていて、自分の未来を見据えているから。
私なんて、一応勉強はしてるけど、将来のことなんて何も考えてない。
美咲ちゃんは、弁護士になりたいらしい。
テレビで理不尽なニュースを見る度《たび》、イライラしたのがきっかけみたい。
「正義ぶるつもりはないけど、おかしいことは間違いだって言ってやりたくなるのよね。私、ズルとか嫌いだから。そうなると、法律って邪魔になってくるのよ。法律が全ての世の中だし。だから、法律を覚えて不条理《ふじょうり》をなんとかしたいのよ！」
そう熱く語っていた美咲ちゃんは、とてもカッコよかった。
「あーあ。中学の時の自分を殴りたい。電車通学が面倒でも西校受ければよかった……」
「でも、美咲ちゃんなら大丈夫だよ。だってすごい頑張ってるし！　こないだの塾のテストだって上位だったよ」
「……ホント⁉」

「うん」
美咲ちゃんの表情が、パッと明るくなった。
彼女には、頑張って夢を叶《かな》えて欲しい。

西校は大変だ。
数ヶ月に一回、進路希望の用紙を渡されるから。
第三希望までの大学を選ぶのに、毎回悩んでしまう。
この紙で、先生と面接をこれからしていかなければいけないから重要なんだ。
私は一人っ子だし、うちの病院を継《つ》がなければいけないような雰囲気になっている。
私自身は、お医者さんになりたいなんて思ったことはない。
血を見るだけで倒れそうになる私に、医者なんて不可能だ。
でも、パパもママも、口には出さないけど……私が病院を継ぐのは当たり前のように考えていると思う。
ゼミの講義を受けながら、ぼんやりとノートを書く。
将来なんてよく分からない。
なりたいものなんて、あったかなあ？
西校も、この塾も、ママの希望で決めたんだ。
ママが喜ぶと、私も嬉しい。
西校のセーラー服を着た時の、ママの喜びようは私が照れてしまうくらいすごかった。
美咲ちゃんみたいにこれといってなりたいものがない私は、誰かが作ってくれた道を歩いた方が楽なのかなとも思っている。
よく親に反発して殴ったとか家を飛び出したとか耳にするけど、私には理解不能だ。
よっぽどの理由がない限り、ママやパパの悲しむ顔は見たくないし、家出なんかする気にもならない。
今は、帰ったら用意してるだろうママの夕食と、お風呂の入浴剤を何にするかが楽しみ。
勉強は好きじゃないけど、嫌いでもない。
慣れればそれなりに楽しいし、コツさえ掴《つか》めば成績は伸びていくから。
勉強を異常に嫌って授業をサボる人が中学の時にいたけれど、そんなに嫌なものなのかな？
西校は、みんな真面目《まじめ》だけど、手を抜く所は手を抜いて、やるべきとこはやるって感じで、ほのぼのしてる。
ママの言った通り、私に合っている学校だった。
だから、中学よりも高校の方が好き。
塾が終わると、ママが車で迎えに来てくれる。
ここの塾は有名だから、私みたいに遠くから通ってる人間も少なくない。玄関から出ると迎えの車が数台停まっている。
ママは外車に乗っているから、エンジン音がうるさくてちょっと恥《は》ずかしい。だから、ママが迎えに来ると直ぐに分かる。

「ただいま、ママ」
車のドアを開けて助手席に乗り込む。
家に着いてないのに、ママの顔を見たら反射的に「ただいま」を言ってしまう。
「ユキちゃん、お疲れ様」
「ねえ、今日のご飯なに？」
「アボカドとマグロのパスタよ」
「えっ！　嬉しい！」
ママの作る料理の中で一番大好き。

半生《はんなま》に炒めたマグロと絡《から》めたアボカドが絶妙に美味《おい》しい。
ママはいつだって優しい。
勉強のことはアドバイスはしてくれるけど、私のことを信頼してくれているのか余り聞いてこない。
「ママはユキちゃんみたいに頭がよくなかったから、アドバイスにならないかもしれないけど……」
残念ながら、私も頭はよくない。
ただ勉強を毎日しているだけだ。
家族で一番頭がいいのはパパだと思う。
でも、パパはお仕事が忙しいから、ママがたくさんお話をしてくれる。
ママとの会話は楽しいし、私目線で考えて話してくれるから、とてもためになるんだ。
私が目指しているところは医学部だから、ママが通ってたお嬢様大学とは違うけど、大学の楽しい話を聞くだけでワクワクしてしまう。
ママは夕食は私と一緒に食べてくれる。
一人の食事は寂《さび》しいから、ママも待っていてくれるみたい。
一度、待たなくていいよって言ったけど
「ママもユキちゃんとご飯食べたい」
と言ってくれたから、２人で夕食タイムをしている。
夕食の時だけは、まったり録画しておいたドラマを見たりして、ママとあれこれ言い合ったり。
次の展開はこうなるとか予想したり、感動したり……。
時々、お仕事のお休みが重なったパパと三人で夕食の時は、私とママの話についていけなくて可哀想《かわいそう》になる。
「ママ、今年はユキちゃんのこともあるから、初釜《はつがま》はしないでおこうと思うの」
ママは、茶道《さどう》が趣味だ。
茶道だけじゃない。華道《かどう》や書道や香道《こうどう》や、いろんな趣味を持っている。
初釜の時期になると家のお茶室は、お師匠《ししょう》様やお弟子《でし》さん達で慌ただしくなるから、正直いつも落ち着かない。
でも、出されたお料理をつまみ食いするのは好き。
私も習いごとを小さな時からやっていたけど、中学で全部やめてしまった。
進学に集中させたいと思った、ママの判断だ。
これといって好きな習いごともなかったし、言われるままにあっさりやめてしまった。
こう書くと、私には自分がないように思われそうだけど、なんとなく楽しそうにしているママを見ていると、やってもいいかなと思えるから不思議だ。
でも、私には向いていなかったなとやっぱり思う。

自分でやりたいって思ってやらない限り、ダメなんだ。きっと。

こんな私だけど、唯一やっていて充実感を得るものがある。
それは絵画。
美術の教科書を読んでいたら、ある日本画に一目惚《ひとめぼ》れしたのが始まり。
その絵には、人を惹《ひ》きつける魔力みたいなものがあった。
近代美術の巨匠《きょしょう》と謳《うた》われる、その人の展覧会に行った時の感動は、今も忘れることができない。
私が魅入《みい》られた絵は、個人蔵になっていた。

彼の絵は、ほとんどが美術館でなく、誰かの所有物。
いろんな個展には行ったけど、こんなのは初めてで。
手に入れたい、自分の物にしたい。
そう思わせる魔力が彼の絵には宿っている。
もう彼は、この世にはいないけど、彼の絵が集結する時、確実に彼は存在していると思う。
四方八方に彼の絵で囲まれた空間は、まるで彼の生み出した宇宙のようだ。
その星のような空間にいると、彼の生み出した、なんともいえない美しい世界に満たされて、幸せな気持ちになれる。
いつか、彼の絵が欲しい。
これなんか素敵だなと思うと、やっぱり誰かの所有物でガッカリしてしまう。

本当に、夢みたいな話だけど……私もいつか、彼みたいになれたらな、なんて思えてくる時がある。

私の世界なんて、あやふやで、なんのビジョンもないから。

■美術部■

今日の部活の課題は花を描くことだった。
基本的に、うちの学校の美術部は部活時間内は何をしても良いことになっていた。
とりあえず、私はやることがなかったので、顧問《こもん》の先生が用意してくれたガーベラの絵を描くことにした。
ピンクと白のガーベラが花瓶《かびん》に入れられている。
それを、みんなで囲んで描く。
ガーベラは可愛《かわい》いけど、白色で描くのは難しい。
鉛筆で描いた後、水彩絵の具で色を塗る。
私は日本画が好きだから、どうしても水彩画を選んでしまう。
日本画は水彩画が基本になってくるから。
「う～ん」
白い花かあ。
私は、白いものを描くのが苦手だ。
顧問の先生が白の水彩絵の具を使用するのを禁止したから。
白は色の幅が出るのを抑えてしまうって言ってたけれど、私には意味が分からない。
だって、白は白だ。
目の前に見える花は紛《まぎ》れもなく白色をしている。
白はつまらない。
仕方なく私は、黒い絵の具を薄めて陰影をつけるだけにした。

もっと色とりどりのものが描きたいのになあ。

大好きな部活の時間なのに、今日は筆が進まない。

私がぼんやりと色の無いガーベラを見ている時だった。
花瓶が乗ったテーブルをぐるりと囲んだ真ん中で、一人だけ黙々と色を塗っている人物がいた。

羽柴《はしば》くんだ。

羽柴紘《こう》。

ハシバコウくんは成績も常にトップで、部活でもコンクールで入賞したり何かと目立つ存在だった。
それは、ひょろりと背が高いところと、整った顔の作りにもあると思う。
顔のパーツひとつひとつが繊細《せんさい》で美しく、まるで計算されてできたみたい。
顔の作りも頭のデキも私とは大違いだ。
羽柴くんは熱心に筆を進めると、もう書き終わったのか椅子から立ち上がった。
絵が上手《うま》い人って、描くのも早いんだなあ。
こっそり、羽柴くんの描いた絵を横目で見た。
「え！」
思わず出てしまった声に、私は慌《あわ》てて口を手のひらで塞《ふさ》いだ。
だって……ありえなかったから。
白とピンク色のガーベラの花びらを、羽柴くんは赤と青で塗っていた。

不思議。
めちゃくちゃな色合いなのに、すごく綺麗《きれい》で……ちゃんと目の前にある「ガーベラ」に見える。

「？」
「なに。僕の絵、どこかおかしい？」
「えっ」
気がつけば、無表情の羽柴くんが私を見つめていた。
「えと、あの……色が、……おかしい……」
言ってしまってから、私は自分の口から出た言葉《ことば》を後悔した。
「色、おかしいかな？」
「……あ、その」
「でも、僕にはこう見えるから」
「え？」
羽柴くんにはピンク色のガーベラ達が水色に見えるの？
私が大きく目を見開いていると、羽柴くんは困ったように笑った。
「あー。なんて言うのかな。ここで見てないんだよ」
羽柴くんは長い指を目から額に移した。
「ここで見たから、こんな色なの。分かる？」
「……どこ？」
「さあ？」
羽柴くんはまた笑うと、画材を持って振り向いた。
「なんだろうね。描きたいってワクワクすると、見えるんだよ。本当に描きたいものの姿が」
私には、目の前のガーベラをそっくりに描くので精一杯だ。
デッサンが狂わないように。光が照らす方向を間違わないように。
羽柴くんみたいに思うように色を塗りたくるなんて冒険、できない。
「……あの……私には、やりたい放題に彩色したようにしか見えない」
「やりたい放題に塗ったから仕方ない」
「先生は、こんな風に描けって言ったんじゃないと思う。もっと忠実に……」
「僕は忠実に見たままを描いた」
「………………」
「じゃあ」
それだけ言うと、羽柴くんは部室から出て行ってしまった。

「うわあ！　羽柴、相変わらずすごいねー！」
羽柴くんの絵を見た部員達が、それぞれに歓声を上げた。
「……はあ。やっぱ、天才は違うよね」
「でた！　羽柴カラー」
「デタラメなんだけど、ちゃんと個性があるんだよな」
「……先生の言いたいことって、これなのかなあ」
「基礎があるんだけど、羽柴ってそれブッ壊《こわ》して自分があるって感じ」
普段ライバル意識が高い部員達が、みんな羽柴くんの絵を口々に褒《ほ》め称《たた》えている。

なんだか違和感。
足の引っ張り合いはよく見るけど、誰かの作品を認めるなんて。

天才……。

なんだか、クラッとした。

「……？」
自分で自分の中に溢《あふ》れた感覚に戸惑《とまど》う。
羽柴くんとは二年間同じ部活だけど、ほとんど会話したことがなかった。
だって、ずるい。
勉強も美術も一番だなんて。
無理してこの高校を受験した私は、授業についていくだけでも精一杯だ。
部活で絵を描いてる時が、唯一の安らぎ。

「どうしたみんな。騒がしいぞ」
「あ！　先生」
「先生、羽柴マジすっげ！　見て見て、この絵」
「……これは、すごいな。水彩画の枠を越えているじゃないか。羽柴は、やっぱり特別だなあ」
騒ぎを聞きつけた先生が、羽柴くんの絵を感心したように見ている。
先生、そういうの贔屓《ひいき》って言うんじゃないんですか？

羽柴くんを認めることができない私は、帰宅してから自分の部屋で絵を描いた。

こんなの、簡単だよ。感覚で色を塗ればいいんでしょう？
私にだってできるよ。
家にあった百合の花をスケッチして、私は色を塗った。

白い百合を、思うままの色に。私の色に変えられると思った。
でも……。
「……どうして？」
花瓶の中の花は、とても美しいのに……画用紙の花は汚く滲《にじ》むだけだった。
黄色と緑にめちゃくちゃに塗られた百合は誰の絵でもなく、ただ人の真似をしただけで、なんの個性も感じられない。
「………………」
衝動的に、私は画用紙をぐちゃぐちゃに丸めてゴミ箱に投げ捨てた。
羽柴くんの真似をした自分が恥《は》ずかしくなって、ベッドに体を放り出した。
私……なんで……。
勘違いな自分がバカすぎて、悲しくなってくる。
だって、簡単そうだったから。私でもできるって思ったから……。

『羽柴は特別』

……そうだよね。
みんなだって、羽柴くんの才能がすごいってことを気づいてるから、ああ言うしかなかったんだ。
無意識に芽生《めば》えたライバル心に、消えてなくなりそうになる。
私なんて、賞すら入ったことないんだから。
友達のお世辞《せじ》もいらないって思ってた。
点数で評価しない芸術の世界は、私を否定しないから。
でも羽柴くんは違った。

同級生で、近くにいて、私のそばにいたから。
私も同じなんだって錯覚《さっかく》してしまった。
全然、同じじゃなかった。
体は同じ空間にいても、なんだか違う。
羽柴くんの才能に、私は打ちのめされてしまった。
私……みんなと平等でいたかったのかもしれない。
誰かだけ抜きん出て誉《ほ》められるのは、許せない気がしたから。
私の世界に、一番なんて順位はいらない。
そんなのは、勉強の話だけで十分だから。
私の世界ってなんだろう？
他人の世界を羨《うらや》ましく思ってしまうくらい、脆いものだったのかなあ……？

気がつけば、私は泣いていて。
シーツが涙に濡れて冷たくなっていた。
絵を描くことが好き。それだけなの……。
その世界に没頭している時が、楽しくて。私しか入ることができない、極彩色《ごくさいしき》の牙城《がじょう》。
きっと……羨ましかった。
羽柴くんに憧《あこが》れて、嫉妬《しっと》していた……。
そのことを認めたら、情けなくて涙が止まらなかった。
心のどこかで、みんなに認めて欲しいって思ってたんだ。
枕を、ぎゅっと掴《つか》む。

ふと、吉沢さんの笑顔に会いたくなった。

■吉沢恭介《よしざわきょうすけ》■

「………………」
学校帰り、塾に行く前にいつものコンビニへ向かう。
今日は吉沢さんの姿は見当たらない。代わりに違うバイトの男子がいた。
私、彼のことを知っている。
東高のズボンを履《は》いているから、吉沢さんと同じ高校なんだと思う。
すごくカッコイイのに、とても無愛想《ぶあいそ》なんだ。
今だって、店内に入ったのに挨拶《あいさつ》もしないで黙ってレジにいるだけ。
残念……。
吉沢さんに会いたかったな。
肉まん買って、早くお店を出よう。
ちょっと憂鬱《ゆううつ》だったけど、肉まんを食べないとなんだか調子が出ないから、私は渋々目の前の彼に声をかけた。
「……ゃいませ……」
多分、いらっしゃいませと言ってるんだろうけど、小声だから聞き取れない。
顔もムスッとしたまんまだから、綺麗《きれい》な顔をしている分、余計に冷たく見えた。
怖い。本当に吉沢さんと大違いだ。
「……あの、肉まん一つ下さい」
「あー……」
彼はダルそうな表情をすると、レジの奥へと視線を向けた。
「おい、恭介。肉まんの仕込みどうなってんだ？　保温器の中に一個もねーんだけど」
「え？　本当に？　昼間ってシフト誰だったかな。ハル分かる？」
「知らねえ」
突然、奥から吉沢さんが現れた。
いきなりのことに、心臓がドクンと高鳴った。
「あ！　こんにちは。君、いつも肉まん買ってくれてるよね？」
「は、はい！」
吉沢さんの色素の薄い茶色の瞳《ひとみ》が私を見つめた。
嬉《うれ》しそうな笑顔に、頬《ほお》が紅潮していくのが分かる。
吉沢さんが私を見ているとか、私のこと覚えてくれていたとか、驚くことばかりで頭がついていかない。
嬉しいことがたくさんありすぎて、上手《うま》く声が出ない。
「ごめんね。今日は肉まん完売したみたいなんだ」
困ったように笑う吉沢さんに、私の心は軽くなっていった。
羽柴くんに嫉妬《しっと》していた嫌なしこりも、肉まんがない残念さも。
吉沢さんがいてくれたら、もうどうでもいいことのように思えてくる。
「えと、あの……」
もっと、お話がしたい。
思い切って吉沢さんに話かける。
「……その、オススメってありますか？」
「オススメ……ですか？」
「はい。……肉まんの代わりに」
私の質問に吉沢さんは眉をひそめると、あっと思いついた表情をして笑ってくれた。
私が見たかった笑顔だ。

「ええと。期間限定なんだけど……スパゲティマンが美味《おい》しいと思うよ！」
「スパゲティ……マン？」
保温ケースを見ると、トマトスパゲティのマークがついた肉まんを紹介するポップがついていた。
「うえ。恭介、そんなん紹介すんなよ。嫌がらせか？　客いなくなるぞ。全然売れてねえじゃん。在庫処分したいからってひでえな」
「そ、そんなんじゃないよ！　美味しいからオススメしてるんだよ！」
「美味しい？　マジで言ってるんか⁉」
ハルと呼ばれた男の子が、露骨《ろこつ》に嫌そうな顔をした。
「アンタ。恭介の言うこと聞いて無理して買うことねーから」
「え？」
「ここは無難《ぶなん》にアンまんとかにしとけ」
ハルくんは真剣な顔で私にそう言った。
「あ、あの……甘いのを食べる気分ではないので……」
「スパゲティマン、美味しいよ！　本気でオススメだから」
「恭介！　コイツは客だぞ？　お前の友達じゃねえんだぞ」
お客様にコイツ呼ばわりしてるあなたもどうかと思うな……って言うか、吉沢さんって下の名前『キョースケ』って言うんだ。どんな漢字を書くんだろう。
「わ、私買います。スパゲティマン一つ下さい！」
「は？　マジか？　チャレンジャーすぎっしょ」
「大丈夫です。スパゲティ大好きですから」
「大好きだからとか、そんなんで食えるモンじゃねっての！　だったらあれか？　アンタはチョコレートパフェが肉まんになっても食うのかよ」
ならどうして商品化してるんですかと思わず聞き返したくなってしまう。
「いいから、ハルはあっち行って肉まん仕込むのやってろよ。レジは俺がするから。お前、接客マナーできてなさすぎ」
「どうなっても俺は知らんからな！」
ハルくんは文句を言うと奥へと引っ込んでしまった。
もしかして、接客が苦手なのかな？
なんでコンビニでバイトしてるんだろう。
「ごめんね。アイツ、根はいいヤツなんだけど口が悪くて……」
吉沢さんは頻《しき》りにハルくんを気にしているようだった。
「いいですよ。悪い方ではないのは分かりますから」
「ありがとう。ところで、ハルはああ言ってたけど……あ、ハルって、さっきの友達ね。スパゲティマンどうする？　俺的にはオススメだから！　みんな、見た目にひいちゃうんだけど、チーズとか入っててかなり美味いよ」
「吉沢さんが言うなら、買います」
「え？　俺のこと知ってるの？」
「あ……」
しまった。
吉沢さんと話せたことが嬉しくて、つい名前で呼んでしまいました。
「えと……ごめんなさい。ネームプレートに書いてあったから……」
「あ。そっか！」
吉沢さんは納得《なっとく》すると、トングでスパゲティマンを取ってキチンと包んでくれた。
「はい、どうぞ。それと、お客様にこういうのもあれだけど……」
「はい？」
「せっかく名前覚えてくれたみたいだし、俺のことはキョースケって呼んでよ」
「え？　え？」
「だって、スパゲティマン仲間だから！」
吉沢さんは、またニコニコと笑った。
……そうなんだ。
私の家に来る親戚《しんせき》や来客はみんな作ったような張り付いた笑顔を浮かべる人が多い。
吉沢さんの笑顔は、ちゃんと笑ってるって感じがする。
だから、好き。
「……う……その……」
喉《のど》がひどく乾いて、言葉《ことば》が上手く出てこない。
恥《は》ずかしくて、顔が赤くなるのが自分でも分かる。
嬉しいのに、恥ずかしくて素直になることができない。
吉沢さんの名前を呼びたい。呼んでみたい。
なのに、私の声は彼の名前をつむごうとはしない。
「ごめん！　お客様に対して失礼だったよね？」
吉沢さんの顔から笑みがなくなってしまった。
違うの。
私は、男の子の名前を口に出して呼んだことがないから、勇気がないだけだ。
だから、私は精一杯の勇気を振り絞って。吉沢さんの名前を呼んだ。

「キョースケ……くん……？」
きっと、今の私はクラスの女子に笑われてしまうと思う。
女子の大半が、男子を名前で呼び捨てにしていたから。
私には、みんなみたいにできない。
彼氏でもない男子に馴れ馴れしい態度を取る。
そういうのは、なんだか違うって思ったから。
でも、言ってしまってから、そんなのは私のプライドからくる偏見《へんけん》なんだと分かった。
だって、吉沢さんの名前を言えて幸せだったから。
嬉しくて仕方ない。
特別な人の名前を呼ぶことが、こんなにも楽しいなんて知らなかった。
私と吉沢さんは、コンビニの店員さんとただの客の関係だけど、ただ名前を呼んだだけで一気に距離が縮まったようでワクワクしてしまう。
「よろしくね。あ、名前……」
「ユキです！」
「あ、ユキって言うんだ。じゃあ改めて、ユキちゃん。よろしく」
吉沢さんはとびきりの笑顔で私の名前を呼んでくれた。

コンビニから出て、私はいつものように側のベンチに腰を下ろした。
手の中のコンビニ袋はホカホカしていた。
いつもなら直《す》ぐに食べてしまうのに、今は胸がいっぱいでそれどころじゃない。
吉沢さんが私を覚えててくれたこと。
吉沢さんの下の名前を呼んだこと。
吉沢さんも私の名前を呼んでくれたこと。
思い出しても嬉しすぎて、幸せな気持ちがじんわりとこみ上げてくる。
楽しいって気分がカラフルなキャンディみたいに、私の中から色とりどりに溢《あふ》れてきそう。
ふと、腕時計に目をやれば塾が始まる時間が迫っていた。
いけない！
早く食べないと後からお腹が減って勉強に集中できなくなる。
慌《あわ》てて袋からスパゲティマンを取り出して、一口食べる。
「………………」
中からトマトスパゲティのパスタが、にゅるんと出てきた。
炭水化物の中に、炭水化物って……。
正直、美味しくない。
ハルくんが買うのを必死で止めた理由も分かる。
でも、キョースケくんがオススメしてくれたから。私は残さずスパゲティマンを全部食べてしまった。

「……ユキ、どうしたの？　ニヤニヤしちゃって」
「え？」
塾へ行き自分の定位置に座っていると、いつの間にか美咲ちゃんが隣に来ていた。
「なんかいいことでもあった？」

「べ、別に……」
「ふうん」
美咲ちゃんは悪戯《いたずら》っぽく笑った。
「ユキって、笑ってるか怒ってるか眠そうにしてるか、３つしか表情がないから分かりやすいよね」
「ええっ！　私って３つしか表情がないの？」
「うん」
机に頬杖《ほおづえ》をつきながら、美咲ちゃんは笑い続けている。
「だから直ぐに分かったよ。ユキ、好きな人と何かあったんでしょ？」
突然の美咲ちゃんの言葉に驚いてしまう。
美咲ちゃんには一度もキョースケくんのこと話してないのに。
「す、好きな人って？」
「ユキ、好きな人いないの？」
「えと……」
「普通はいるでしょ。私はいるよー。だからユキもそうなのかなって思ったの」
美咲ちゃんは当然のような顔をして笑った。
好きな人がいて、当たり前。
私は17歳になって初めて恋……をしている……のだと思う。
初めてのことだからよく分からないけれど、キョースケくんが私の彼氏だったらって考えるだけでとても素敵《すてき》だ。
「ユキと恋バナするのって初だよね？　ねえねえ、ユキの好きな人ってどんな人？」
「えと……」
目をキラキラさせて私を見る美咲ちゃんに戸惑《とまど》ってしまう。
私の中でキョースケくんは大切な存在だ。

そんな大事な彼のことを軽々しく口にしてもいいのかな……。
だけど、そんな気持ちに反して、今の私は誰かに聞いて欲しかった。
今日あった夢のような出来事を。
話したくて仕方なかった。
「……み、美咲ちゃんと同じ東校の人」
「は？　東校⁉　西校じゃなくて？」
「うん……」
美咲ちゃんの大きな声が響いて、みんなこっちをチラチラ見てきて恥ずかしかった。
「ユキが東校とか！　嘘《うそ》でしょ？　悪いけどウチは西校と違ってバカ高校なんだよ？　住む世界が違うんだよ⁉」
「えと……でも……そういうのって、なにか違うと思うの……」
「ま。ユキがいいなら異論はないけど。確かに、ウチの高校は男子の顔面偏差《へんさ》値《ち》だけはいいからね」
「…………」
美咲ちゃんは頬杖をつきながらシャーペンをクルクルと回した。
「で、誰？」
「え？」
「え？　じゃないわよ。ユキの好きな人の名前を聞いてるの。どんな男かリサーチしてきてあげる」
「ええ⁉」
突然の美咲ちゃんの申し出に、私は面食らってしまう。
学校なんて関係ないんだよ。
なんて言うのかな。
ある日ふわりと風が吹いて、私の髪を揺らして。

そしたら、突然私の世界に色がついてカラフルになった。
今まで見ていた世界が、鮮やかになって綺麗《きれい》だなと思えた。
毎日がもっともっと楽しくなった。
キョースケくんに出会って私の世界は変化した。
「……恋だねえ」
「え？」
「ユキ。恋しちゃってるって言ったの」
恋？　あ。なるほど。
すごく納得してしまった。
これは、恋だ。
好きな人だとか、恋だとか。
みんなが口にしているから、ただなんとなく私も言葉にしてみたけど。
改めて言ってみる。
私、キョースケくんに恋してるんだ。
「………………」
「わ！　ちょっと、マジ？　ユキ、顔赤っ！　真っ赤だよ‼」
「……うん……」
「……本当に好きなんだね」
「うん……」
心臓がドキドキと高鳴りだした。
私の心臓、大丈夫？　って心配になるほど頑張って動いてる。

好き。
どうしよう。
好きって、なんて幸せなんだろう。
おかしいなあ。不思議だなあ。

キョースケくんは私の彼氏じゃないのに、好きな人を見つけただけでこんなにも嬉しい。
「美咲ちゃん……好きって幸せだねえ」
「いきなり、どうしたの？」
「うん。私、こんなに男の子について好きってなったことないから、不思議で」
「そっか」
「美咲ちゃんの好きな人って誰？」
「……んーっ」
美咲ちゃんは問題集を閉じると、私に向き直った。
よく見たら美咲ちゃんの顔には、うっすらお化粧がしてあった。
「ま、いっか。ユキにも好きな人できたから、言っても」
「え？」
「私、彼氏いるの」
「ウソッ⁉」
「黙っててごめんね。最近できたから言いそびれてさ。私、塾やめようとしてたし、それに……」
「？」
「私の彼氏、東校だから……なんか、ユキに言えなくて……見栄ってヤツ？」
美咲ちゃんが苦笑いする。
「東校なんかで彼氏作りたくないって思ってたんだけどね。押し切られちゃった」
「美咲ちゃんは美人だから。モテるよね」
「そんなことないよ」
今度は美咲ちゃんの顔が真っ赤になった。
ふふふと笑い合っていたら、教室に入ってきた講師に睨《にら》まれてしまった。
だから、続きはノートの端で。
私はシャーペンで美咲ちゃんだけに見えるように書いた。
『美咲ちゃんの彼氏の名前は？』
サラサラと美咲ちゃんの綺麗な文字が紙に現れる。
『橘銀平。ユキは？』
タチバナギンペイって読むのかな？
美咲ちゃんの文字が、その名前だけ丁寧《ていねい》に書かれている気がした。
チラリと見た美咲ちゃんの横顔は綺麗で、長い睫毛《まつげ》が溜《た》め息《いき》が出るほど美しかった。
好きな人がいるから？
美咲ちゃんは、なんだか前より綺麗になったみたいだ。
だから、私も丁寧に書いた。
あの人の笑顔を思い浮かべながら、ゆっくりと。
『私の好きな人は、吉沢キョースケくん』
キョースケの漢字が分からないから書くことができなかったけれど、文字にした彼の名前を見て、思わずはにかんでしまった。

ヨシザワキョースケ。

私の好きな人。

でも、講義に集中したいのか、美咲ちゃんは私の書いた文字を読んでも返してくれなかった。

「美咲ちゃん」
講義の後、鞄《かばん》にプリントを仕舞う美咲ちゃんに声をかけた。
「吉沢キョースケくんって、知らない？」
もしかしたら、同じ東校の美咲ちゃんなら知ってるんじゃないのかなって思った。
だって、キョースケくんは素敵だから。きっと学校でも目立つ存在じゃないのかなあって。
「知らない」
美咲ちゃんは机の上の物を全て鞄に入れると、私に背を向けた。
「じゃあね、ユキ。またね」
「う、うん」
早々と帰宅した美咲ちゃんに私はそれ以上なにも言えなかった。
聞いたらダメだったのかな？
でも、普段の塾の帰りと同じだと言えば同じだし。
みんな迎えや電車やバスの時間があるから、誰も残る人なんかいない。
私だって、塾の前でいつものようにママが車で待っているんだから。
早く行かないと帰りの混雑に巻き込まれてしまう。
慌てて『吉沢キョースケ』と書かれたノートを鞄に放り込みながら、私は教室の出口へと向かった。
今度、また聞いてもらえばいいか。
私も美咲ちゃんの彼氏のこと聞きたいな。

■彼女■

「羽柴の絵すげーっ！」
放課後、部室に行くとみんながわいわい集まっていた。
中心にあるのは羽柴くんが描いた油絵。
前回のコンクールで大賞を取った作品だ。

……コンクールから戻ってきたんだ。

描かれているのは不可思議な極彩色《ごくさいしょく》の花々と歪《いびつ》な庭園。
毒々しい花が錆《さ》びた針金に閉じ込められていて、私は好きじゃない。

「羽柴のセンスはんぱねえな。『廃園《はいえん》の極楽鳥《ごくらくちょう》花《か》』だってさ」
「ハイレベルすぎて、ついていけないよ。でも、なんかいいんだよね〜」
「俺この絵欲しいんだけど」

私は認めない。
そんな意味不明な絵、嫌だ。
部室に遅れて入ってきた羽柴くんをみんなが取り囲んだ。

「羽柴の絵、返ってきてるよ」
「ああ」

羽柴くんはキャンバスを受け取ると、直《す》ぐに片付けてしまった。

「待って、もっと見たい！」
「分かる！　羽柴の絵って、なーんかハマるんだよね。ずっと見てると羽柴ワールドに吸い込まれるって言うか」
「なあ羽柴。その絵、俺にくれない？」
「………………」
羽柴くんはなんとも言えない表情で笑うと、みんなの雰囲気を壊《こわ》さないように画材を取り出した。
部活に参加する気らしい。
私は羽柴くんの隣になりたくなかった。
そう思えば思うほど、上手《うま》くはいかない。
羽柴くんは空いていた私の隣に座った。
ただ空いていたから。それだけの理由で座ったんだろう。
羽柴くんが隣にいると憂鬱《ゆううつ》になってしまう。
彼が嫌いだとかそんなんじゃない。
私は彼の絵が理解できないし、羽柴くんの人間性が理解できなくて怖いんだ。
嫌だな。
私は絵を書くことが小さい頃から好きだ。
でも、才能がなければ無理ってことも分かってる。
よく努力すれば報われると言うけれど、私は違うと思う。
努力が百として才能がゼロだったら、かけ算をしても結果はゼロだから。
とても……認めたくないくらい嫌いだ。

「……って、いい？」
「え？」
「それ、使ってもいい？」

急に羽柴くんに話しかけられて焦《あせ》る。
彼の示す方向にイーゼルが立てかけられていた。
私の隣にあったそれを羽柴くんに渡す。
「こ、これ？」
「うん。ありがとう」
「………………」
私のことが見えてないような瞳《ひとみ》で、羽柴くんは私を見た。
彼の目は不思議で、もしかしたら本当に違うモノを見ることができる魔法の目を持っているのかもしれない。
本日の課題は林檎《りんご》と花瓶《かびん》。
羽柴くんは、ちゃんと林檎を赤く塗った。
それは正確で美しい。紛《まぎ》れもなく目の前にある林檎。
それだけじゃない。
林檎は林檎なんだけど、それは絶対に目の前にある林檎で。
なんの変哲《へんてつ》もない眼前にある林檎を、言わば林檎の個性を引きずり出し、この世界にある無数の林檎の中からただ一つ。そこにある林檎だけを羽柴くんは描いていた。

もう嫌だ。
描きたくない。
なんて才能。
適当に描いてるんじゃない。
彼は誰よりも物の本質を見ることができて、そして誰よりもはっきりと的確に描く力を持っている。
こんな才能を見せつけられて平気な気持ちで絵なんて描けない。
……描けないよ！
「……何？」

彼の絵なんて見ないでおこうと思っていたのに。
私はいつの間にかまた、魅入《みい》られたように羽柴くんの絵を食い入るように見ていた。
「……あ、えっと」
「やっぱり、僕の描く絵はおかしい？」
羽柴くんの綺麗《きれい》な瞳の中に私が映り込んでいる。
やだ。
私の本質を見られてしまう？
羽柴くんみたいなすごい人に。彼の足下にも及ばないライバル視している身の程知らずな私の心の中を見抜かれてしまう？
やだやだやだ。
そんなの、なんて惨めなんだろう。
カッコ悪いんだろう。
勝てないのに、敵《かな》いっこないのに。
どうして私は……。
醜い心を見透かされないように、私は話を変えた。
「違うの！　……羽柴くん、絵を描くの本当に上手だね。大学はやっぱり芸大に進学するのかな？」
全国大会で数々の賞を総なめにしている羽柴くんに愚問《ぐもん》だ。
絵なんて上手いに決まっているのに。
「……芸大はいかないよ」
「え？」
「僕は経営学部に進路を決めているから」
そう言って、素晴らしい絵を羽柴くんは描き続けた。
「ど、どうして？　羽柴くんはこんなに絵が上手いのに……」
ビックリした。
てっきり羽柴くんは芸大に進学すると思っていたから。

「この不況に芸大？　なんで？」
「……だって、羽柴くんは……羽柴くんみたいに才能があったら、有名な画家になれると思うから……」
「画家は、僕が一番なりたくない職業だよ」
羽柴くんが笑う。
バカにしたような、憐《あわ》れみのような、私にはどちらともつかない曖昧《あいまい》な表情で羽柴くんは笑った。
「僕は将来、一流の大手企業に就職したいんだよ。絵は、老後の趣味にでもするさ」
「え、あの……その……」
どうして？
私が喉《のど》から手が出そうなほど欲しい才能を持っているのにそんなことが言えるの？
才能がお金で買えないことくらい、17歳の私はとっくに理解している。
ここにいる美術部のメンバーだって、芸大志望のひとはたくさんいる。
そのために、木炭デッサンや有名な絵師の門下に入ってるひとだっている。
それなのに、羽柴くんは……羽柴くんは……みんなが欲しいと思ってやまないものをいらないと言った。
「一条はどこの大学に行きたいの？」
と、羽柴くんから聞かれたような気がしたけどなんて返事をしたのか覚えてない。
私は、絵がもう描けなくて。
どうやって描いたらいいか分からなくなって。
あんなに楽しかった絵を描くことが今は辛《つら》くて、哀《かな》しくて。

さっきまで林檎を描いていた画用紙をめちゃくちゃにしたい衝動に駆られるのを必死に抑えた。

私は、どうしたらいいのかな？
行きたい大学なんてあったっけ？
私は、なにがしたかったんだろう。
急にワケが分からなくなってしまって。
泣き出したくなって。
そうしたら、優しいあのひとの笑顔が見たくなった。
一つだけ分かることは、私は今とても、キョースケくんに会いたいと言うことだ。

部活が終わり、今日は塾がないのに定期があるのをいいことに電車に乗ってあのコンビニがある駅に向かった。
家とは違う路線だから、ママを心配させたくなくて携帯にあらかじめメールをしておく。
とにかく、キョースケくんに会いたかった。
彼に会えばこの疲弊した心も幾ばくか軽くなるんじゃないかと思ったから。
だって、キョースケくんの笑顔は優しくて。
テストでママが悲しむ成績を取っても、塾へ行くのが憂鬱な時も私を励ましてくれたから。
キョースケくんの姿を見るだけで、苦しい気分が楽になってしまうんだ。
彼に会える保証なんてない。

でも私は、自分を止められなかった。
「………………」
あのコンビニの前まで行き、そっと中の様子を伺う。
キョースケくんがいたらいいな。
そう願いながら、自動ドアが開かないよう慎重にお店を見た。
「………………」
キョースケくんは、いた。
いつものように、レジのところに立っていた。
そう、いつものように、いつも以上の笑顔で。

……キョースケくんは、女の子と笑い合っていた。
ぎゅっと拳を握りしめる。
その女の子は小さくて可愛《かわい》くて、……本当に可愛くて。
キョースケくんを前に嬉《うれ》しそうに笑ってた。
そんな彼女の頭を、キョースケくんは優しく撫《な》でていて。
それを見た瞬間、私の拳を握る力は強くなり、爪が皮膚に食い込んだ。
不思議と痛みは感じない。
ただ、……体よりも心が痛くて、立っているのが精一杯だった。

あれは誰？
キョースケくんとどんな関係？
どうしていつもより素敵《すてき》な笑顔をしているの？
頭の中が疑問符でいっぱいになった時、

「おい」

私は後ろから呼び止められた。
振り向けば、ハルくんが立っていた。
掃除でもしていたんだろうか、バケツを片手にハルくんが私に近づいてくる。
「……は、はい……」
「……あー……」
ハルくんはチラリと店内を見ると、突然私の腕を掴《つか》んだ。
「ちょっと、こっち来い」
「え？　あ、……」
そのまま、お店の裏まで連れて行かれる。
「ほら」
呆然《ぼうぜん》としていると、どこから持ってきたのかハルくんが温かい烏龍茶《ウーロン》の缶を渡してきた。
恐る恐るそれを受け取る。
「飲め」
ハルくんの綺麗な顔に言われたら、なんだかすごい迫力で、命じられた通りに烏龍茶を一口飲む。
温かい烏龍茶は、冷えた私の体内に入って、なんだか少しだけ落ち着いた気がした。
「温かい……ありがとうございます」
「…………」
背の高いハルくんを見上げながら、お礼を言う。
見かけによらず優しいひとなんだな。
外見で判断していた自分を恥《は》じる。
「あれ、最近できたキョースケのカノジョ」
ボソリと呟《つぶや》いたハルくんの言葉《ことば》に、ああそうかと……妙に納得《なっとく》してしまう。

「そうですか……可愛いひとですね」
当然だよ。
キョースケくんは素敵だから可愛い彼女がいて当たり前。
私なんて彼女になんかなれない。
当たり前だ。
そんなの、分かりきってることだ。
だから、どうして自分がひどく落ち込んでいるのか分からなかった。

「でも、お前の方が早かった」
「え？」

「……お前の方が、キョースケのこと、ずっと見ていた」

その時、
持っていた烏龍茶と同じくらい温かい涙が、私の目からこぼれ落ちた。

「す、すみません……私……わ、私……」
「………………」
「バレてたんですね……あはは……」

ずっと見ていました。
そしたら、やっとあなたと話すことができました。
それだけで十分幸せだと思っていたのに。なのに、私は欲張りでワガママだから、彼女がいることを知って……哀しくて……。

「分かる。俺もそうだから」
ハルくんも、自分用のコーヒーの缶に口をつける。
「俺も、好きな子いるけど……ずっと見てるだけだし」
「……あ……」
「だから、こないだキョースケに声かけたお前のこと、スゲーって尊敬してた」
ハルくんは、今までの仏頂面《ぶっちょうづら》が吹き飛んだように綺麗に笑った。

「話したこともねーのによ、おっかしいよな。……好きなんだ」
「……う……うう……」
「好きで、気になって……見つめてるだけが精一杯だ」
「……ふ、うう……えええん……！」
私は、なんで泣いてるのかな？
ああ、そっか。
ハルくんが言うみたい、私は彼が好きなんだ。

「いいんじゃねえの？　好きなら好きで、そのままでいれば」
「……え」
「好きでいるのが悪いことなのか？　思っているだけで罪になるのか？　違うだろ」

私の両肩に、ハルくんの大きな手の平が置かれた。
覗《のぞ》かれたハルくんの切れ長の瞳はクリスタルみたいに美しくて、その中に泣いている私がいた。

「……好きで、いていいのかなあ？」
「別に、いいだろ。誰にも迷惑《めいわく》かけてねえし。俺はなあ、好きなヤツに彼氏がいようが好きで居続けるぜ。好きなんだから、仕方ねえだろ」
「ハルくんは……すごいね。そして強いね」
「は？　どこが？　俺なんてコクることもできねえでビビッてるだけのイタイ野郎だぜ」
「ううん、そんなことない……自分の気持ちにちゃんと気がついてるよ。自分のことをしっかり見れて、そして好きな人のこと考えてる……私なんて、自分でも分からないことばかりだよ」

キョースケくんを、いつから好きなのかと聞かれたら私は答えられない。

これはいつから恋になったんだろう。

「ハルくん……」
「ああ？」
「ハルくんの好きな人って、どんなひと？」
ハルくんみたいにカッコイイ男の子から想われている女の子ってどんなひとだろう？
「……その子は幸せだね」
「はあ？」
「ハルくんみたいな男の子から好かれたら、きっと幸せだよ」
「……迷惑の間違いじゃね？」
「ふふ……私がその女の子なら、絶対に嬉しいよ」
泣きながら、私はハルくんに微笑《ほほえ》んでみせた。
だって、ハルくんが赤くなるから。

強気な表情ばかりしているけど、きっとそれが本当のあなただね。

「俺は、臆病《おくびょう》だから……無理だ。あの子に相応《ふさわ》しくない」
「どうして？　なぜ相応しくないって思うの？」
「……守ってあげたいから」

ハルくんは、素敵な男の子だ。
私の学校にいたら噂《うわさ》になるくらいカッコイイと思う。
もしかしたら、私がそんな噂に疎《うと》いだけで、ハルくんは女の子の間で有名なのかもしれない。

「守ってやりたいって思う、……そんな子だ」
「守ってあげたい……女の子……」
切《せつ》なげに、ハルくんは瞳を閉じた。
「俺には、なにもないから……自信がない」

なにもない。
まるで私みたいだ。
私には、なにもない。
才能も、賢さも、可愛さも、……なんにも持ってない。

「ハルくんは、いろんなものがたくさんあると思うよ。たくさん、持っていると思うよ」
「俺がか？」
「ハルくんとあんまり話したことないけど、なんとなく分かるよ」

私は烏龍茶の缶を見せた。
「これね、すごくあったかかったよ」
「お前なあ。熱い茶なんだから当たり前だろ」
「うん、そうだね。当たり前だよね。じゃなくて、あったかかったんだあ」
「？」
「私、こんなにあったかいの飲んだの初めてだったよ」

優しかった。
泣きそうで、冷たくなった私を暖めてくれた。

「私、さっきどうしていいか分からなかったの。学校で嫌なことがあって、キョースケくんの顔が見たくなって……そして」
そこには、キョースケくんの彼女がいた。
「ハルくんは、なにもないって言うけど、私はハルくんから貰ったよ」
「たかが烏龍茶で大袈裟《おおげさ》だな」
「だって、普通の烏龍茶じゃないから。ハルくんがくれた特別なのだから。すごく元気が出る魔法の烏龍茶」
「お前、変わってるよな」
「そうかな？」
「少なくとも、俺の周りにはいないタイプだ」
ハルくんが笑う。
ああ、こんなに綺麗に笑えるのに、どうして彼は自分のことをなにもないって思うんだろう？
「また来いよ」
「……うん」

「彼女なんて関係ないじゃん。好きなんだろ？　キョースケが」
「……ハルくんの友達なのに、そんなこと言っていいの？」
「俺は奪えとは言ってない。見にくればいいってそういう意味。邪魔しにこいってことじゃないぞ。あ、アイツの彼女が来るの大体水曜日だから、そこは気をつけろよ。……別に、キョースケと彼女の仲を引き裂けって意味じゃないからな。分かったな⁉」
さっきまで笑ってたハルくんが、仏頂面に戻ってしまった。
私はそれに笑ってしまう。
「なんだよ、なに笑ってんだよ。あーくそ。二度と奢らないからな。今度は烏龍茶自分の金で買えよ」
「うん。買いに行くよ。また来るよ」
「………………」

私の言葉に、ハルくんはまた笑ってくれた。

こんな笑顔ができる人が、ふられるワケないよ。

ハルくんが、好きな人と上手《うま》くいくといいな。

■春川《はるかわ》 彼方《かなた》■

「よう。また肉マンかよ」
「違うよ。ユキちゃんはスパゲティマンだよね？」
「……いい加減、こんな人気のない商品、売るの止めにしねえのかな。廃棄《はいき》する度《たび》心が痛むわ」
「人気あるって！　俺とユキちゃんはスパゲティマン同盟を作ったんだよ」
「はあ？　バカかお前ら」
「ハルは入れてやらないからな」
「入りたくねーし。むしろスパゲティマン嫌い同盟作るし」
コンビニに入ると、いらっしゃいませの代わりに二人の楽しい会話が出迎えてくれる。
キョースケくんとハルくん。
今では私の大事な友達になっていた。
「なあ。いつも思ってたんだけどさ。そのデカイ鞄《かばん》ってなにが入ってんの？」
ハルくんが私の持っていたカルトンバッグに興味を示した。
「あ、それ俺も思ってた。もしかして、絵が入ってるの？　ユキちゃん、確か美術部だったよね」
キョースケくんがニコニコと笑う。
「なんだよ。見せろよ」
「あ、その……私、絵描くの下手なの。だから、見せたくない」
今入ってるのは木炭デッサンで描いたブルータスとメヂチ。
そして、以前描いた林檎《りんご》の水彩画だった。
「はい没収《ぼっしゅう》～」

「あ！」
ハルくんがひょいと私の手からバッグを奪った。
こういう時、身長の高い人に敵《かな》わない。
「か、返して！　本当に下手だから、恥《は》ずかしいよ」
「まあまあ」
片手だけで私を押さえ込み、ハルくんがバッグを開ける。
ああ……。あんな絵、持ってるんじゃなかった。
早く処分すればよかったのに。
部室に置いておくのも嫌だったから、偶々《たまたま》持って帰ったことを後悔する。
ハルくんもキョースケくんも興味深げに私の絵を見ている。
……消えてなくなりたい。

「……スゲー」
ハルくんが、ポツリと呟《つぶや》いた。
「本当だね。……すごいね」
キョースケくんも、いつもみたいじゃなくて、神妙《しんみょう》な感じで声を漏《も》らした。
「お前さ。絵描くこと……好きなんだな」
そう言って、ハルくんが笑った。
「うん。分かる分かる。好きって気持ち、絵から伝わってくるよ。絵には詳しくないから上手《うま》いんだなってことくらいは分かるんだけど、ユキちゃんの絵からは楽しんで描いてるんだなあって感じるよ」

二人の言葉《ことば》に耳を疑った。
私の絵に、そんなことを言ってくれた人は初めてだったから。

「なにコレ。こんなんどうやって描いてんの？」
「あ、それは木炭で……」
「は？　木炭⁉　消す時どうやんの？」
「うん。食パンで消すんだよ」
「マジで？　食い物で消すとか⁉」
「そうなの。だからお腹すいたらコッソリ食べたりするんだよ」
「……美術部って楽しそうだな……」
「ハルは部活中にパン食べたいだけだろ？」
「違ぇし！」
ハルくんは唸りながら私の絵を見ている。
「……なんか、いいな」
「え？」
「好きなことやれるって、いいな」
「？」
「羨《うらや》ましい」
なんで？
私から見たらハルくんの方が好きなことをやっているように見えるのに。
どうしてそんな表情をするの？
「あの……私、絵を描くのやめようって思ってたんだ」
「はあ？　なんでだよ」
「そうだよ。こんなに上手なのにやめる必要ないよ」
私は二人に曖昧《あいまい》に笑った。
「……やめないよ。大丈夫。二人と話してたら、やっぱり頑張ろうって思えたから。ありがとう」

ワケが分からないと言った感じで私を見つめる二人。

……そうだよね。
私、誰かに誉《ほ》めてもらいたかったんじゃない。
絵を描くのが好きだったんだ。

「そっか。ちょっとビックリしたけど、結果的にユキちゃんが絵を描くのやめないって思ってくれてよかったよ」
キョースケくんがホッとしたような表情を浮かべた。
「うん。本当にありがとう」
私は、なんだか泣いてしまいそうになって……二人に頭を下げるとコンビニを出た。
溢《あふ》れそうになる涙を見られたくなかったから。
ベンチに座り、鞄からハンカチを取り出して目尻を拭《ぬぐ》う。
哀《かな》しい涙じゃなくて、嬉《うれ》しい涙は、くすんだ心を洗い流してくれるみたいだ。
ホット烏龍《ウーロン》茶を飲んで、一息ついた時だった。
「おい」
私の後ろに、いつの間にかハルくんが立っていた。
「ハルくん……？」
「ほら」
ハルくんは私に包み紙を渡してくれた。
「……これ」
「お前の好きな肉まん。無理してスパゲティマン買ってるだろ？　バレバレなんだよ」
「…………」
「ま、その気持ちも分からんでもないけどな。キョースケ、すげー嬉しそうだし」
ハルくんは私の隣に腰かけると、コーヒーを飲み始めた。
「お店、大丈夫なの？」
「あー。休憩《きゅうけい》中だから」
私はハルくんにお礼を言うと、久しぶりの肉まんを食べた。
やっぱり、美味《おい》しい。
「なんでだ？」
「え？」
「なんで絵が好きなのにやめようと思った？」
背の高いハルくんが私を覗《のぞ》き込む。
その瞳《ひとみ》があんまり綺麗《きれい》だから、私は一瞬だけ言葉に詰まる。
羽柴くんなら、この色彩をどうやって描き出すのかなあ。
「……うん。あのね……同じ美術部に天才がいるんだ。本当にすごい人で、すごい才能があって。私、バカだから……なんか、対抗意識燃やしちゃって……」
「………………」
「あはは。本当にバカだよね。全然かなわないのに。自分だって描けるって、思い込んで……」

誰にも言ったことなかった。だってカッコ悪いから。
でも、言ってしまったら。
私の中から何かが羽化《うか》をして消えていった気がした。
そしたら、ポトリと涙が落ちた。
どうして私が好きになるものは、いつも手に入らないんだろう？
大好きなのに、みんな手に入らない。
絵も、キョースケくんも。

こんなに、好きなのに。

「ごめんなさい。私、ハルくんの前で泣いてばかりだね」
「いや……」
ハルくんはコーヒーを飲むと空を見上げた。
青い空の色が赤に変わっていく寸前だった。
私は普通の青空が好きだから、こういう曖昧な色が嫌いだ。
まるで、羽柴くんの絵みたい。
有り得ない世界の境目みたいな夕方。

「誤解させたら悪いんだけど……なんつーか、俺の代わりに泣いてくれてるみたいで、俺だけじゃねえんだなって思う」
「……え？」
「俺はさ、やりたいことや好きなこと。もうやれねえから、あんた見てると羨ましいっつーか応援したくなるっつーか。ま、イロイロ。俺、泣くタイプじゃねえし」

ハルくんが笑う。
不可思議な世界で綺麗に笑う。

「だから、時々思い切り泣いてみたいって思う。でも、泣けない」

「………………」
「もう、涙も出ねえんだ」

私は、自分でも自分のことをバカだと思う。

でも、今のハルくんに「どうして？」なんて、聞いてはいけないことくらい分かる。
ハルくんは笑っているけれど、その瞳は哀しみにみちていて氾《はん》濫《らん》しそう。
私は、そこまでの哀しみを知らない。
両親に愛され、友達もいて……大好きな絵も描ける。
私は私を幸せだと思ったことはないけど、ハルくんを見ていたら、私はとても幸せなんじゃないかと思えてきた。
ハルくんのことはあまり知らないけれど、なんとなく伝わってきて。

好きなことができる立場にいる自分のワガママさに気がついた。

「なんつーか、その……ほら」
ハルくんの顔が夕陽に照らされ赤くなったように見えた。
「……えと……」
「うん。私、頑張る」
「そか。よし、頑張れ」
私の言葉に満足そうにハルくんが笑う。
「だから、一緒に頑張ろうよ」
「一緒？」
「好きなひと、いるんでしょう？」
「…………」
ハルくんの瞳が、逆光で見えなくなる。

「私は諦《あきら》めない。好きだから頑張る」
「……ん」

「ハルくん……」
ポンと、ハルくんは飲み終わったコーヒーの空き缶をゴミ箱に捨てた。
答えがないまま、曖昧な雰囲気でハルくんが立ち去っていく。
その後ろ姿に約束する。
私は私を諦めない。
私が諦めなければ、ハルくんも頑張れる？
なら、私は挫けない。

哀しくても辛《つら》くても、……それはとても苦しいことだけど。

希望だけは捨てないで前を見ようと思う。

■荒木《あらき》 由香《ゆか》■

「じゃん！　オススメ新商品登場〜！」
「誰もオススメしてねえし」
「俺がオススメしてるからオススメなんだよ！」
「お前一人だけじゃねえか！」
「これから増えていくからいいんだよ！」
ハルくんの態度にムッとするキョースケくんの手には「玉子焼きソーダ」があった。
……それって、美味《おい》しいのかな？
「そんなコラボで大丈夫なのか、その会社」
「商品として売られてるんだから大丈夫だよ！」
「……そうだな。少なくともお前という人間のハートをガッツリ掴《つか》んだよな」
「だろ⁉」
「キョースケ一人にウケても消費者にウケなきゃ失敗だけど、まあそのジュース作ったヤツが聞いたら泣いて喜ぶだろうな」
私も……どういう経緯で玉子焼きをジュースにしようとしたのか開発者の方に聞いてみたい。
「ユキちゃんに是非《ぜひ》飲んで欲しいな」
「えっ！」
「ユキを殺す気か！」
しゅわしゅわ甘いお袋の味！　と書かれた黄色のジュースのペットボトルをハルくんが奪う。
「なんでそんなこと言うし。ハル飲んでないだろ？　飲んでから言えよ」
「嫌だ。誰が飲むか」

「飲んでないのに決めつけるのよくないよ。ユキちゃんなら分かるよね？」
「あは、ははは」
ハルくんの言葉《ことば》に必死になって反論しているキョースケくんがなんだか可愛《かわい》く思えて。
好きだなあって気持ちが私の中を満たしていく。

微笑《ほほえ》ましく二人を見ていると、突然、後ろから声がした。
「キョーちゃん！」
細くって、小さくって、可愛くって。
甘い砂糖菓子でできたような女の子が、いつの間にか私の隣にいた。
「玉子焼きソーダ？　由香も飲んだよ。美味しいよね！」
ニコニコと。
笑わなくても十分可愛いのに、由香と名乗る女の子は更に可愛く笑った。
パチパチと瞬《まばた》きする長い睫毛《まつげ》は本物？
ピンク色のチークが白い肌にピッタリだった。
さくらんぼみたいなグロスかツヤツヤして果物みたい。
私、お化粧する女の子って、なんだか自分を隠すみたいで嫌だなって思ってたけど……こんなに可愛いのにもっと可愛くなるための魔法なんだって感じた。

……もうそれ以上、可愛くならなくていいじゃない。

「由香ー！　なんだよ、由香も飲んだのか」
「キョーちゃんがオススメって言ってたし、飲んだよー！」

ズルいよ。
あなたは、可愛すぎるよ。
「由香、えらい！」
「キョーちゃんの彼女だもんっ。トーゼンだよっ！」
「ハルに言ってやれ」
「ハルも飲みなよー！」
クスクスとキョースケくんの彼女……由香が笑う。
なんで、ただ笑ってるだけなのに可愛いの？
私が笑っても、そんなに可愛く笑えない……。
「俺は、絶対に飲まないからな！」
「なら、彼女に飲ませたら？」
彼女……？
「奈々《なな》だっけ。あの子こういう甘い系好きそうじゃない？　あははは！」
ハルくん……彼女、できたんだ。
知らなかったよ……。
「あ、でも奈々はここに呼ばないでね。由香、奈々苦手〜」
「由香！」
「だってえ〜」
「……っ、…………」
「あ、そおだ」
由香は私を見ると笑いかけてきた。
「誰？　西校のコ？　頭いいんだぁー！」
「そうだよ。ユキちゃんって言うんだ。この店のお得意様。スパゲティマン買ってくれるんだよ」
「そおなんだ！　スパゲティマン、美味しいもんね！」
「お前ら味覚ヘンなんじゃねえの⁉」

「あははは！」
「………………」
私はみんなと笑えなくて、俯《うつむ》いてしまう。
「ねえ。昨日エイトに来てたダンサーのひと覚えてる？」
「二人組の？」
「うん！　今度ライブ呼んでくれるって」
「へえ、いつ？」
「20日！　そおだ、ダブルデートの予定だけど、由香は……」
私、浮いてる。
みんなの話が全然分からない。
「あの……私、塾があるから帰るね」
「塾行ってるの？　すごーい！」
「そっかあ。頑張ってね」
「………………」
なんとも言えない疎外《そがい》感に包まれる。
キョースケくんとハルくんみたいな人に似合うのは、由香みたいな女の子なんだ。
オシャレで可愛くてお化粧が上手《うま》くて、楽しい話題もできて。
私は、地味だし可愛くないしみんなの話を聞くことしかできない。
胸が痛い。
勉強さえしていればいいって思ってた。
いい大学に入って素敵《すてき》なひとと結婚して欲しいとママに言われた。
でも、素敵だなと思った人に私は振り向いてもらえない。
本当は塾なんてなかった。
ただキョースケくんに会いたくて、彼の笑顔が見たくてここまで来た。
最近は、暇ができる度《たび》にキョースケくんに会いに行ってたから……。
彼女と鉢合わせても、仕方ない。

フラフラと歩いていたら、雑貨屋さんが目に入った。
店内に色とりどりの化粧品が並べられていた。
私は、初めて口紅を手に取った。
いつもママと行くデパートのお化粧品店は昔からの得意先になっているから買いにいけない。
なんとなく、ママに知られたくなかった。
お化粧のやり方を知らない私は、たくさんあるコスメに戸惑《とまど》ってしまう。
私も、可愛くなりたい。
ただ、その気持ちだけが私を突き動かしていた。
正直、何を買っていいか分からない。
店員さんもお化粧がバッチリでなんだか近寄り難い。
私は適当にファンデーションとグロスとチークを買うと、逃げるようにお店から出てきた。

家に帰って改めてお化粧品を見る。
ピンク色にラメがキラキラして夢みたいな色のアイシャドウ。
これをつけたら私も少しは可愛くなれるのかなあ？
宝石箱みたいなコンパクトに映る鏡の中にいる私は、さえない女の子。

もしも、魔法が使えるのならば、私も可愛くなりたい。
キョースケくんの彼女になりたいなんて贅沢は言わない。
みんなの中に入っていけるような女の子になりたい……。

□□□

放課後。
私は駅ビルのパウダールームでメイクをした。
家である程度練習してきたから大丈夫だと思う。
でも、今からあのコンビニに行くんだと思うと、緊張でアイライナーがはみ出てしまった。
それを、コンシーラーでなんとかごまかした。
眉毛の書き方もよく分からなかったけど、自分なりに頑張ったつもりだ。
チークも、由香みたいにピンク色のパウダーをぽんぽんとパフで当てずっぽうに叩く。
ピンク色のチークがお姫様みたいに可愛かったから、由香の真似をしてみたんだ。

これで、可愛くなれたかな……。
私は、おっかなびっくりコンビニの中に入った。
この時、初めてメイクをした自分に頭がいっぱいで状況を把握できなかった私は、コンビニの中にいるメンバーをチェックするのを怠《おこた》ってしまった。

そこには、キョースケくんとハルくんと……由香がいた。

「ユ、ユキちゃん。どうしたのその顔⁉」
私を見たキョースケくんの目が丸くなる。
「誰かに殴られたの？　顔が腫《は》れてる……」
「あははは！　唇に油がついてるみたい〜！　ユキ、もしかして唐揚げ食べたぁ？」
「………………」
由香が私を見て思い切り笑った。
「な〜んてね。ユキ、そのメイクどうしたの？」
「…………あ……」
「お化粧、慣れてないのかな？」
私の顔を覗《のぞ》き込んでくる由香から、顔をそらす。
「ねえ。今してるピンク色のアイシャドウだけど、案外ピンクって難しいんだよ？　自分の肌の色に合わせないと腫れちゃったみたいになるんだよー」
「……そう、なの？」
「グロスもつけすぎはよくないよ。やりすぎるとギラギラしちゃうからっ！　唇をふっくら見せたいなら真ん中からつけるといいよ」
「………………」
「きゃはは！　メイクしたいなら、由香が教えてあげるっ♪」
由香が可愛く笑う。
こないだはピンク色で纏《まと》めていたメイクは、今はヌーディなナチュラルメイクになっていた。

「ん〜、ユキ。まずファンデの色から違ってるよ〜！　首と顔の色違いすぎっ。顔白い！」
「……、……」

「誰かの借りたの？　自分の肌の色に合わせた方がいいよっ」
「………………」
私は肌の色が黒い。
由香みたいに色白じゃない。
だから、色が白くなりたくて一番明るい色のファンデーションを選んだ。
「ねえユキ。これって下地塗ったあ？」
「し、下地って……？」
「う〜っ。下地知らないのかぁ……。だからファンデが崩れてくるんだよぉっ！」
由香は問題が解けない困った生徒のように私を扱う。
ふせられた由香の瞼は、艶のあるパールのアイシャドウ。
ピンク色も可愛かったけど、無垢でピュアな印象を受けた。
キラキラ光る由香のメイク。お人形みたいな長い睫毛。
透き通るような純白の肌のチークはナチュラルなオレンジ色。
触れたくなるようなウルウルな唇。
ピンク色もいいと思ったけど、オレンジ色もいいなと思った。
……由香みたいになりたいと、思った。

「……俺は、化粧しない方のユキがいいと思う」
唐突に、ハルくんがそう言った。
「え〜っ！　やっぱ女の子なんだからお化粧は必要っしょ〜」
「ユキ、ちょっとこっちに来い」
「ハ、ハルくん……」
ハルくんに腕を掴まれ、私は別室につれていかれた。
休憩《きゅうけい》室と書かれた部屋に押し込められる。
「わ……ぷ！」

「早く化粧とれよ」
「やめ……」
ハルくんがゴシゴシと濡れたタオルで私の顔をこすった。
「ハル……ハルくん……！」
「なんで化粧なんかしようと思ったんだよ！　お前、ひでえ顔してるぞ！」
「………………」
真っ白だったタオルは、メイクで汚れ真っ黒になった。
「……だって……」
涙が溢《あふ》れた。
「頑張るって決めたから……ハルくんと一緒に頑張るって……。ハルくんは彼女ができたのに、私だけ頑張ってないから……だから、もっと頑張らなきゃって……」
熱い涙が溢れ出す。
私……バカみたい。
「キョースケくんに、少しでも振り向いて欲しくて……！」
お化粧したら、キョースケくんに友達以外の感情を持ってもらえるんじゃないかって期待してた。
恋愛対象に見てもらえるんじゃないかって思った。

「……違うんだ」
「……え……」
「俺は……」
顔を上げると、泣いているようなハルくんの表情が見えた。

「……俺は、別に好きで彼女と付き合ってるんじゃない」
私から視線をそらしたハルくん。

「え……ハルくんは、好きな人がいたんじゃなかったの？　その人と付き合ってるんじゃないの？」
「なにを言ってるんだ？　俺に、好きなヤツなんていない」
「嘘《うそ》……だって、守ってあげたい女の子がいるって……」
ワケが分からない。
あんなに好きだって言ってたのに……。
なんでハルくんは別の女の子と付き合ってるの？
「ハルく……」
「ちょっと！　いい加減にしなさいよハルッ！」
その時、心配そうな顔をしたキョースケくんと由香が部屋に入ってきた。
「もう。クレンジングもないのにタオルなんかでメイク落とそうとするなんて信じらんない！」
由香がハルくんを押しのけて私の顔に触れる。
「あーあ。真っ赤になってるよぉ。女の子の肌はデリケートだから気をつけてよねっ！」
「………………」
「メイク落とすなら由香のクレンジング貸してあげるよっ♪」
由香から鏡とクレンジングを渡された。
鏡に映った私の顔は、絵の具がぐちゃぐちゃになったキャンバスみたいにひどかった。
「ねえユキッ！　時間あるなら由香がメイクのやり方教えるよおっ。ユキみたいな顔なら、きっと清楚《せいそ》系が……」
「……ありがとう。もういいの」
「え？」
「お化粧……もうしないから」
「あの……えと……あんま落ち込まなくていいよっ！　由香も

初めてメイクした時ヤバかったし！　唇なんか真っ赤になっちゃって……」
「私、お化粧しても可愛《かわい》くなれないみたいだから」
「そんなことないよっ！　練習すれば可愛くなれるって」
「………………」
それは、元々可愛いから言えるんだよ。
「ありがとう。……帰るね」
「ユキッ！」
「ユキちゃん……」
困惑《こんわく》しているキョースケくんを素通りして、私は外に出た。
風が、濡れたままの私の頬《ほお》を撫《な》でる。

……こんな顔じゃ、帰ることもできない。
私は俯きながら歩いた。
コンビニの傍《そば》のベンチに腰掛ける。
由香から受け取ったクレンジングでメイクの汚れを落とす。
……借りっ放《ぱな》しはよくないから、またここへ返しに来なければいけない。
私の心が、ずしりと重くなる。
初めてのお化粧に浮かれていた自分を恥《は》じた。
さっきの、キョースケくんの表情が、心に痛いよ。

もしかしたら、可愛いと思ってくれるかもしれない……なんて……期待して。

「……ふ、うう……」
涙が、再び零《こぼ》れた。

……私、バカみたいだ。
部活があるってママに嘘をついたから、今から家には戻れない。

私は電車に乗ると学校に向かった。

……一人に、なりたい。

今日は部活がないから部室には誰もいないはずだ。
忘れ物を取りにきたと言えば、部室の鍵を借りれるだろう。

駅から学校を目指していると、意外な人物を見かけた。

羽柴くんだった。

彼は画材が入った大きな鞄《かばん》を担ぎながら、背筋を伸ばし歩いていた。
でも、なにかがヘンだ。
羽柴くんの家は、逆方向なはず……。
仲がいいクラスメイトが羽柴くんと同じアパートに住んでいたから、絶対こっちじゃない。
たくさんの荷物を抱えながら、歩いていく羽柴くん。
いつも無表情な彼が心なしか楽しそうに見えた気がした。

私は、羽柴くんが嫌いだ。
それは私が彼に劣《おと》っているから。

だけど、あのコンビニに行くようになって。ハルくんとキョースケくんと仲良くなってからは、彼に対する見方が変わった。

羽柴くんは、私の憧《あこが》れになっていた。
彼への嫉妬《しっと》は羨望《せんぼう》に変わり始めた。
だからかもしれない。
家と逆方向へ進む彼が、画材をたくさん持ってどこに行くのか気になった私は、いつの間にか羽柴くんの後を追っていた。

「………………」
羽柴くんが堂々と入って行った場所は……有名な心霊スポットだった。
空き家になっているこの場所は、いわく付きの建物で。
学校のみんなも面白半分で来てたみたいだけど、誰かが大怪我を負ったらしく、それ以来ここを訪れることは禁止になっていた。
だから、最近はこの家の話題も出なくなっていたのに。
どうして、羽柴くんはここに入っていったの？
「？」
呆然《ぼうぜん》とする私の前に、錆《さ》びた門扉《もんぴ》がギイギイと不気味な音を立てている。

こ、怖い……。
気味が悪くなり、立ち去ろうとした私の足元に筆が落ちているのを見つけた。

拾い上げると、綺麗《きれい》な文字で「羽柴」と書かれている。
「羽柴くんの……？」
毛質から見て、高価な筆だと分かった。
筆や画材はとても大事だ。
馴染みある筆じゃないと出せないタッチや、この絵の具じゃないと出せない色彩だってある。
「………………」
そう思うと、なんだか切《せつ》なくなってきた。
この筆を早く羽柴くんへ届けてあげたくなった。
普段の私なら、こんな怖い場所に立ち入るなんて絶対にしなかっただろう。
でも、今の私は羽柴くんに筆を届けてあげたかった。
なくなったの知ったら、きっとすごくショックを受けると思う。
それくらい、この筆は使い込まれていて、手入れがキチンと行き届いていた。

赤錆がついた門をビクビクしながら開けて、幽霊屋敷へと一歩踏み込んだ。
お守りみたいに、羽柴くんの筆を握り締めて。

意を決して入った屋敷は真っ暗でなにも見えない
外は明るかったのに、この世界だけまるで真夜中みたい。
窓は全て板が打ち込まれてるようで、光が全く入ってこなかった。
しばらくすると目が慣れてきて、周囲を見渡す。
散乱する空き缶や雑誌で、床はゴミだらけだった。
「は、羽柴くん……？」

怖さのためか小さい声しか出ない。
携帯の灯りを頼りに、屋敷を散策する。
台所、和室、お風呂場……どれも不気味すぎて泣きそうになる。

ふ、と。
携帯のライトが消えた瞬間。
私の肩に手が置かれた。

こ、これって……もしかして……ゆ、幽霊……

「きゃ、きゃあああああっ！」
あまりの恐怖に暗闇《くらやみ》の中パニックになった私は、逃げようと駆け出したけど、足がもつれて倒れてしまった。
怖くて怖くて、早くここから出て行きたいのに腰が抜けて立つことができない。
ガタガタ震えている私の前に、黒い人影が……。
「……ひっ！」
「一条？　どうした、こんな場所で」
真っ暗闇の中、羽柴くんの低い声がした。
グイッと腕を引かれる。
放心していた私は何が起こっているかよく分からなくて、引っ張られた反動で羽柴くんの体に抱きついてしまった。
羽柴くんからは絵の具の匂《にお》いと、どこかで嗅《か》いだことがあるような懐《なつ》かしい香りがした。
「一条？」
「……っ‼」
名前を呼ばれて、やっと自分の状況に気がつく。

羽柴くんから、バッと体を離した。
暗闇で分からないだろうけど、きっと私の顔は真っ赤になっている。
「えと！　あのっ！　私っ！」
上手《うま》く話すことができない私を見かねたのか、羽柴くんは溜《た》め息《いき》をついた。
「とりあえず、落ち着こうか」
「え？」
羽柴くんは私の手を握ったまま歩き出した。
今更だけど、手を繋《つな》いでいることに気がついた。
私は男の子と手を繋いだことがなかったから、すごく緊張してしまう。
羽柴くんは懐中電灯で足元を照らしながら階段を上り始めた。
「は、羽柴くん！　二階は行ったらまずいんじゃない？」
「なにが？」
「ほら、噂《うわさ》で聞いたことない？　……二階は一番怪奇現象が起こりやすいって。……ここ、お化け屋敷で有名だから」
「……人の家にすごい言われようだな」
「え？」
「ここ。僕の家なんだけど」
懐中電灯の仄《ほの》かな明かりの中、羽柴くんはゆっくりと振り返った。
「え？　え？　だって、ここ……廃屋《はいおく》じゃ……」
「住んでないだけで、名義は僕の家だよ。まあ、勝手な噂をたてられたりしてるけどね」
「………………」
「お陰で不法侵入されて困ってたんだ。最近は滅多《めった》にないからいいけど。鍵も厳重にしたし、窓も内側から板で打ちつけたから」
ギシギシと音を立てながら階段を上る。
二階の廊下の突き当たりの部屋の前まで来る。
その部屋の扉には、心霊番組でよく目にするようなお札がベタベタと貼られていた。
「きゃあ！　は、羽柴くん羽柴くんっ！　やっぱり、この部屋まずいよっ!!」
「……確かに、そう見えるかもしれないね」
懐中電灯でお札を照らすと、羽柴くんは悪戯《いたずら》っぽく笑った。
いつも無表情の羽柴くんから想像がつかないくらい、子供みたいな笑顔だった。
その顔が、なんだか普通の男の子と同じだと感じてビックリした。
「この部屋に入って欲しくなかったから、僕がそれらしくこのお札を描いたんだ。ある意味魔除《まよ》け」
「……魔除け？」
「そう。大事な部屋だから」
言いながら、羽柴くんはギイと扉を開いた。
「……っ！」
ホコリ塗《まみ》れの蜘蛛《くも》の巣だらけだった今までの空間と違う。

そこには、宇宙があった。

「……わあ……」

あれはカシオペア？　オリオン座もある。

あ、冬の大三角形発見！
真っ暗闇の中、星達が瞬《またた》いていた。
「すごいね、プラネタリウムみたい」
「うん」
いつの間にか筆を握っていた羽柴くんは、星を描き始めた。
「宇宙をね、描いてみたかったんだ」
蛍光塗料に筆をつけ、一等星を描く。
壁、床、天井。
至るところに星が描かれていた。

羽柴くんの宇宙が、この空間に確かに存在した。

「……すごいね。まるで宇宙の中にいるみたい」
「そう？　まだ半分も描ききれてないけど」
天体儀《てんたいぎ》も見ずに、羽柴くんは正確に星々を描いていく。
私はそこに座って、羽柴くんの宇宙の中心で星達を振り仰いだ。

「……綺麗だねえ」

さっきまでの暗い気持ちが何処《どこ》かへ飛んで行ってしまった。
何億光年の煌《きら》めく星の光。
紛《まぎ》れもなく、羽柴くんが生み出した本当の星々だった。

「フラストレーションって言うのかな。僕が描きたいものは大きすぎて、キャンバスには思い通りに表現できない」
私と会話しながら、羽柴くんは手を休めることはなかった。
「は、羽柴くん」

「なに？」
「羽柴くんって、前に画家にはならないって言ってたよね？」
画家は一番なりたくない職業だと以前言っていたのを思い出す。
けれど、今の彼の姿は画家……芸術家そのものだった。
「そうだよ。なりたくない」
「………………」
「僕は、僕の作品を手放したくないから」
「え？」
「画家になったら、作品を売ったり手放さなければいけないんだろう？　僕はそういうのは嫌なんだ。僕の作品は誰にも渡したくない。だから、僕は画家にはなれない」
「……そうだったんだ」

私は、羽柴くんの何を見ていたんだろう。
自分の尺度で彼を決めつけていた。

「僕は、僕から溢《あふ》れ出す世界を描いていたいだけなんだ」

この空間に広がる宇宙が、どんな言葉《ことば》より彼の心を雄弁に語っている。

「ずっとずっと、死ぬまで絵を描いていたい。だから、生きるために働くんだ。ある程度お金が貯まったら、毎日絵を描いて過ごす。それが僕の夢」

羽柴くんらしくない、楽しそうに将来のことを語る彼。
ううん。

もしかしたら、これが本当の羽柴くんかもしれないね。
「……素敵《すてき》な夢だね」
「素敵かな？　本当なら今すぐにでも何もかも放り出して好きなもの描きに飛び出して行きたいけどね。だけど、そういうワケにもいかないから。僕は、まだ未成年だし親だっている。この国の仕組みがややこしいものだって知ってる。だから、無鉄砲に動くよりは将来性のあるプランを考えているだけだ」

足元に置かれた懐中電灯の明かりが羽柴くんを照らし続ける。
その眼差しから、彼の強い意志を感じる。

ただの綺麗な硝子のように見えていた羽柴くんの瞳《ひとみ》は、鋭利《えいり》な刃物のようで美しい。

「私も、羽柴くんみたいに夢が欲しいなあ」

夢。
私には夢がない。

今も羽柴くんの手によって広がる空間に体を預けた。

「一条には夢がないの？」
「……うん。羽柴くんみたいに、才能があれば夢がなにか分かるかもしれないけど」
「才能？」
その言葉に、描かれていた星々の数が止まった。
「才能なんてないよ。好きだから描きたいんだ」

「……でも、羽柴くんは才能あるよ。みんな言ってる」
「僕は子供の頃から絵が好きなだけだ」
羽柴くんの口調が、少し怒ったものに変わる。

「絵を見るのが好きだった。絵画展や美術館に連れて行ってもらう度《たび》にワクワクした。ワガママ言って画集を買ってもらったり、図書館で好きな画家の絵が載ってる本を毎日見に行ったりした。本当に好きで好きで、僕もあんな絵を描きたいって思った。ただそれだけだ」
「羽柴くん……」
「ねえ、一条。僕が一番好きな画家の絵は美術館に置いてないんだ。なんでか分かる？」
「どうして？」
「みんな、その人の絵が大好きだからだ。誰も売ろうとしないんだ。百年以上前の画家なんだけどね。だから、その人の個展を開く時は所有者から借りてくるんだよ」

筆を置いた羽柴くんは、私の隣で寝転んだ。

「なんかいいなって思った。みんな大好きで大事にされて」
「………………」

私、それ分かる。
だって、私の好きな画家の人もそうだから。

「そうだな。そんな絵を描けるようになりたいな」
「羽柴くん、また夢が増えたね」

「あ。本当だ。大変だ」
「あはは」
ちょっと困ったような顔をして、羽柴くんは自分の描いた天体を見上げた。
「一条は、小さい頃なりたいものとかなかったの？」
「あったよ。幼稚園の頃、自分の夢を絵にしなさいって先生に言われたんだ。だから、お菓子屋さんを描いたの」

店内には未来の私。ショウケースには色とりどりのお菓子。
大好きなシュークリーム、ショートケーキ、ロリポップ。
マカロンは食べきれないほど。
我ながら上手に描けたと思った。
ママに絵を見せた。
きっと誉《ほ》めて貰えると思った。
でも……
「ユキちゃん。お菓子屋さんなんてダメよ。あなたは将来、一条病院を継《つ》ぐんだから。そうね、お医者さんになるのが嫌なら、お医者さんと結婚できるように頑張りなさい。そうそう、明日はお茶のお稽古《けいこ》よ。来週は日舞《にちぶ》の発表会があるわね。お着物選ぶから、電話で京都から呉服屋さんを呼ばないと」

私は……何になりたかったのかな？
楽しそうにしているママに、私はなにも言えなかった。
本当は着物なんて嫌い。窮屈《きゅうくつ》で息がつまるから。
たくさんの着物を体に押し当てられる記憶。
ママは一度だって私が欲しい着物を選んでくれたことはなかった。

名取《なと》りの名前も、ママが勝手に決めてしまった。

「お菓子屋かあ。いいね。毎日好きなお菓子が食べられる」
「うん。そうなの。毎日大好きなシュークリームが食べられるって思って……」

大好きだったから。
……毎日でも、一緒にいたかった。

ぽとん、と涙が落ちた。

「……あれ？」
ぽとん、ぽとん。
降り始める雨みたいに涙が落ちる。
「一条？」
「……あれ？　あれ？　……あはは、おかしいな。なんで涙なんか……」

大好きな人、大好きなこと、大好きなもの。
私が臆病《おくびょう》だから、私が意気地なしだから、大好きなものが手に入らないのかな？

羽柴くんの「大好き」でできたこの部屋は、今の私にはとても優しくて、哀《かな》しかった。
この部屋は「大好き」で満ち溢れているよ。

「羽柴くん、ごめんなさい。羽柴くんが悪いわけじゃないの。

……ちょっと、色々あって……」
羽柴くんは何も言わなかった。
何も言わずに、自分が描いた星を見上げた。
「一条。お前、もっと自由になったらどうだ？」
「……え？」
「あんまり話したことないけど、一条を見てると本当の自分を押し殺してる感じがする」
羽柴くんの、なんでも見通す魔法のような目が私を見ている。
「……私、分からない。自分のこと、よく分からないの」
「簡単だ。分からないなら分かるまで答えを探せばいい」
「か、簡単かな？」
「簡単。探してる時はすごく楽しい。でも、見つけた時から難しくなる。夢は見つけてからが大変。だけど、楽しい」
泣いている私と笑っている羽柴くん。
「羽柴くん……」
「ん？」
「あの、私また、ここに来てもいい？　この部屋にいたら、答えを見つけられそうな気がするの」

この部屋は、羽柴くんの大好きと夢でできている。
羽柴くんの答えがここにある。
なら、私も。
なにか見つけられるかもしれない。

「いいけど、2ヶ月だけだな」
困ったように羽柴くんが呟《つぶや》いた。
「どうして2ヶ月なの？」

「転校するから」
なんでもないように、羽柴くんはそう言った。
「転校……」
「ずっと別居してた親がようやく離婚するから。この部屋も、昔は僕の部屋だったんだ」
懐《なつ》かしそうに、羽柴くんは床を撫《な》でた。
「僕には、家族がいるようでいないものだ。父も母も他に家族がいるからね。でも、この部屋には愛着はある。だから部屋いっぱいに僕の証《あかし》を描きたい。思うまま描きたいように。小さい頃の夢の一つ。画用紙からはみ出して部屋中落書きをする」
「………………」
「そして、またこの部屋に戻ってくる。父さんが売ったり壊《こわ》したらおしまいだけど。父さんとは仲が良いから、大丈夫だとは思うけど」

羽柴くん、転校するんだ……家族のこととか、全然知らなかったよ。
せっかく仲良くなれたのに、なんだか淋しい気持ちがした。
「……そっか」
「ああ。転校するまでに完成させたい」
「羽柴くんなら直《す》ぐにできるよ」
「どうかな。部活がない日だけ描きにきてるから。それに、本当は描き終わりたくないんだ」
私に笑いかける羽柴くんの顔は、今まで私の中にあった彼のイメージを払拭《ふっしょく》した。
それくらい素敵な笑顔だった。
「すごく楽しいから、終わらせたくない。終わりなんかこなければいい」
羽柴くんは腕を大きく広げ、床に大の字に寝そべると、満足そうに目を閉じた。
「一条も、やりたいこと絶対見つかる」
「あはは、自信ないな」
「じゃあ、僕は2ヶ月でこの部屋を完成させるから、一条も2ヶ月でやりたいことを見つけなよ」
羽柴くんは起きあがると、私の肩をトンと叩いた。

「見つけられるかな……」
「見つかるさ」

不思議だ。
羽柴くんが言うと、見つかる気がする。
絶望していた私の心に希望がわいてきた。

外はまだ昼間なのに、ここは満天の星空。
きっとずっと、この部屋だけ真夜中。
心地よい、お母さんの胎内にいるような真《ま》っ暗闇《くらやみ》の安心感がある。
「羽柴くん、私……頑張る」
さっきまで泣き顔だった私は、いつの間にか笑顔になっていた。

「笑顔」
「え？」
「一条は笑顔が一番いい」
唐突に、羽柴くんは私を指差した。

「お前、表情３つくらいしかないから」
美咲ちゃんと同じことを羽柴くんは言った。
羽柴くんって本当に物事を見通す力があるんだなあ。
「私って、そんなに表情少ない？」
「少ないって言うか分かりやすい」
「ええっ！」
「でも、いいと思う」
今日はもう描かないのか、羽柴くんは画材を片付け始めた。
「僕は、表情があまり出ないらしいから。一条が羨《うらや》ましい」
羽柴くんは立ち上がると、私に手を差し伸べた。
「帰ろうか。昼間だからいいけど、夜になったらこの家完全に暗闇になるから」
「そ、それって本当にお化けが出るってこと⁉」
「だから出ないって。一条、何気に失礼だよね」
「ご、ごめんなさい……」

羽柴くんと一緒に階段を降りる。
最初に来た恐怖はなくなっていた。

「それじゃ、また」
羽柴くんは無表情で、だけど、「また」と言ってくれた。
「うん！　またね」
ちょっとだけ手を振ると、羽柴くんは背を向け夕暮れの向こうに歩いて行った。

それを見送りながら、夜の訪れを知らせる風が私の頬《ほお》を優しく撫でた。

■羽柴 紘■

「大分できてきたね。２ヶ月までって言ってたけど完成間近じゃない？」
「うん。だけどグリッターをつけたくなってきた」
「また？　コウは色んなことにチャレンジしすぎだよ」
「ユキこそ。やりたいことは見つかったの？」
「……う」
あれ以来、部活と塾がない日はこの部屋にくるようになっていた。
その代わり、あのコンビニから自然と足が遠のいていた。
由香にクレンジングを返さなきゃいけないのに……。
「ユキ。そこの絵の具取って」
「はい」
いつの間にか互いの名前を呼び合うくらい、コウとは仲良くなっていた。
男子は苦手だったけど、コウとは緊張せずに話すことができる。

ハルくん……キョースケくん、元気かな。
会いたくないと言えば嘘《うそ》になる。
みんなとのお喋りはとても楽しいものだった。

いつだって私は、キョースケくんの笑顔に会いたい。
どんな笑顔だったか、どんな表情だったか、どんな声だったか。
正確にキョースケくんを思い出せてしまう。
初めて男の子と話して楽しいと思えたから。

「……ユキ？」
コウに声をかけられて、我に返る。
「あ、ごめん。ぼーっとしてた」
「………………」
コウは黙って私から絵の具を受け取ると、絵を描くのに没頭し始めた。
こうなると、数時間はコウは無言になる。
私は随分と増えた星達を眺《なが》めた。
頭上にはデネブ、ベガ、アルタイルが見える。

「……ユキ」
てっきり、このまま集中するんだと思っていたコウが、急に話しかけてきた。
「お腹すいたから、何か買ってきてくれないか」
「いいよ。どんなものがいい？」
「任せる。とりあえず、食べられればそれでいい」
コウは私に財布をポンと投げてよこすと、再び絵を描き出した。
「コウ。いつも思うんだけど、他人に財布を預けるのは不用心だよ」
「お前は友達だ。他人じゃない」
「でも」
「僕が友達だと思った人間はそんなことはしない」
「………………」
またその目だ。
なんでも見通すような瞳《ひとみ》。
コウは、まるでこの世界全部を知っているみたい。
「分かった。行ってくる」

「………………」
さっきまで喋ってたのに、コウはまた話さなくなった。
なんの脈絡もなく黙ったり話しかけたり。
そんなコウの性格にも、もう慣れてしまった。

門を出て近くのコンビニを目指す。
……あ。
キョースケくん達がバイトしてる系列と同じコンビニだ。
コンビニのマークを見て、胸がチクリと痛んだ。
「いらっしゃいませー！」
店内に入ると、ハルくんとは違う愛想《あいそ》のいい声がした。
あのふてくされたみたいなハルくんの「いらっしゃいませ」が懐《なつ》かしくなる。
同じコンビニだけあって、売っている商品もほぼ同じだった。
店員さんの制服も同じ。だけど、彼らじゃない。
少しだけ淋しくなりながら、私はコウへの食べ物を選んだ。

「……なに、これ」
コウがコンビニ袋の中身を見ながら顔をしかめる。
「確かになんでもいいって言ったけど」
スパゲティマンを手にし、コウがぼやく。
「えと、案外美味《おい》しいんだよ……」
「………………」
私の言葉《ことば》に、コウは無言でスパゲティマンに口をつけた。
「……不味い」

にゅるりと、スパゲティがはみ出した。
「不味い、かなあ」
「不味い。驚くくらい不味い。これはもう芸術だと思う。しかるべき美術館に展示してもおかしくないレベル」
誉《ほ》めてるのかけなしているのか分からない。
「ねえ。大量にあるんだけど、誰が食べるの？」
「あ、あはは……」
「責任持ってユキが食べろ」
「……うう」
熱々のスパゲティマンを頬張《ほおば》る。
確かに、美味しくない。
美味しくないけど……美味しく感じた。
なんだろう。
懐かしくて、嬉《うれ》しい思い出が、これにはたくさん詰まっている。
だから美味しい。
「あは……本当に美味しくないね」
「でもユキは美味しそうに食べている」
「……うん」

『スパゲティマン美味しいよね！』
『美味しくねーし！　不味いから‼』

頭の中にキョースケくんとハルくんの声が響いた。
……あの日に戻りたいなあ。

２人に、会いたい。

「…………………」
残していたスパゲティマンを、いきなりコウが食べ始めた。
「コ、コウ？」
「…………………」
もぐもぐと無表情でスパゲティマンを食べるコウ。
「やめなよ。美味しくないんでしょう？」
「ユキは美味そうに食べていた。だから僕も食べる」
「そんなの……」
「どこが美味しいのか、見つけられないのが悔しい」
仏頂面《ぶっちょうづら》でスパゲティマンを食べ続ける。
「それに、ユキがこれを美味いと感じるなら、僕も美味しいと感じるはずだ」
「な、なんで？」
「お前は、僕の友達だから」
そんなめちゃくちゃな理由で、コウは２つ目のスパゲティマンに手を伸ばした。
「違うの、コウ。私がこれを美味しいって感じるのは味じゃなくって……」
「？」
不思議そうに私を見つめるコウの瞳に、ほんの少し震える。
キョースケくんへの恋心を見つけられてしまうんじゃないかって怯《おび》えてしまう。
「コウ……ちゃんと普通の肉まんも買ってあるから、そっちを食べて……」
その時、私の携帯が鳴り響いた。
ママからかなと思い、携帯の画面を見る。
「……嘘」

着信相手の名前は『吉沢恭介』。キョースケくんだった。
スパゲティマン同盟を作った時、ノリでキョースケくんとメアドと携帯番号を交換した。
でも、ただの一度もキョースケくんから連絡をもらったことはなかった。

……キョースケくんには、彼女がいるから。

「電話。出れば？」
鳴り続ける携帯に、コウが出るように促した。
こくん、と頷《うなず》き、私は一呼吸置いて電話に出た。

「……はい」
「もしもし？　ユキちゃん⁉」
電話の向こうからキョースケくんの声が聞こえた。
その声に、泣きそうなくらい胸が軋《きし》んで痛む。

「キョースケくん、久しぶりだね。どうしたの？」
心臓が痛い。
痛くて泣いてしまいそうになるのをなんとかこらえる。
コウに悟られたくない。
でも、コウがいなかったら、私きっと泣いてた。
「ユキちゃん、突然ごめん！　話してて、大丈夫？」
「う、うん」
切羽詰《せっぱつ》まったようなキョースケくんの声に、違和感を覚えた。
「キョースケくん、何かあったの？」
「ハルが、倒れた」

「ハルくんが⁉」
「サッカーしてたら、いきなり……今、救急車の中」
「ええっ⁉」
額から冷たい汗が流れた。
「ユキちゃんの家、病院だったよね？」
「そうだよ！　一条病院だよ‼　うちは総合病院だからハルくんを早く運んで！　家には連絡入れておくから！」
「ありがとう！　すみません、広瀬の一条病院に向かって下さい……」
キョースケくんが救命士の人と話しているのが聞こえてきた。

ハルくんが、倒れた……。
救急車で運ばれてるって、どういうこと？
サッカーしてたって、頭を打ったとか？
ハルくんに、何が起こったの……？
電話はいつの間にか切れていて、ツーツーと機械音が繰り返されるだけだった。
慌《あわ》てて、家に電話をかける。
「あ、ママ！」
「ユキちゃん、どうかしたの？　大声を出して……」
「聞いてママ！　今から友達が救急車でうちの病院に向かってるから！」
「まあ、ユキちゃんのお友達が？」
「春川彼方くんって言うの！　ママ……お願い！　ハルくんを助けて……‼」
涙声でママに叫ぶ。
ハルくんがどんな状態なのか分からないけれど、嫌な予感がしてたまらなかった。
携帯を切ったと同時にコウが私の鞄《かばん》を渡してくれた。
「……コウ」
「早く行け」
「うん……！」
電話の内容から察してくれたんだろう。床に置いてあった私物がキチンと纏《まと》められていた。
「気をつけて」
「ありがとう……」
コウの機転の良さに感謝しつつ、私は病院に向かった。

ハルくん……ハルくん……！
色んな想像が頭の中に浮かんでぐちゃぐちゃになる。
もしかしたら、大したことないのかもしれない。
でも、大怪我を負っていたら……？
不安で不安で、心だけが私を病院へと急いている。

「ママ！」
病院に着くなり、私はママがいる院長室に駆け込んだ。
「ユキちゃん」
「ママ！　ハルくんは……ハルくんはどんな容態なの？」
半泣きの私を前に、ママは困ったような顔をした。
「……春川彼方くんね。サッカーをしていて倒れたそうだけど、意識が戻っていないわ。今、安達先生に診《み》てもらっているんだけど……」
「意識が……」

「ＣＴが終わったら直《す》ぐに検査に入るわ。だからユキちゃん、そんなに泣かないで」
「……ママ……ママぁ……」
私は泣きながらママにすがりついた。
「それより、ユキちゃん。一体どういうことなのかしら？」
「え？」
顔を上げると、ママは不機嫌な表情をしていた。
「春川くんに付き添って、彼のお友達も来ているのだけれど……みんな東校の子だったわ」
「………………」
「どうして東校のような学校にお友達がいるの？　ママに説明してちょうだい」
私をソファーに座らせると、ママは自分も正面に座った。
「ユキちゃん。あなたは西校の生徒なのよ。東校の生徒と住む世界が違うのよ。分かっているの？」
「………………」
「春川くんのお友達を見たけれど、とてもガラが悪かったわ。ユキちゃんにあんなお友達がいたなんて……」
ママは頭痛がするらしく、こめかみを押さえていた。
「ママ！」
「そうね。春川くんならまだユキちゃんのお友達に相応《ふさわ》しいかもしれないわね」
テーブルに置かれていたコーヒーを飲みながら、ママは笑った。
「ママね、春川くんのお父さんを知っているのよ。沢山お店を経営していて、とてもお金持ちなの。まさかあの春川さんの息子さんだとは思わなかったわ」
「………………」

「でも、ユキちゃんのお婿さんには無理ね。髪を金色に染めて、ピアスまでして……息子さんがあれじゃ、春川さんも苦労するわねえ」
なんの悪気もなく、苦笑するママ。

違う違う違う。
そんなんじゃない。
ママは何を言っているの？
私のいる世界はハルくん達の方がすごいんだよ。
誰と友達になりたいって聞いたら、きっとみんなハルくん達の方だって言うよ。

「………………」
悔しくて、唇を噛んだ。
なんて言っていいか分からない。
言いたいことがあるのに、喉《のど》に詰まって出てこない。
否定したくて仕方ないのに、言葉が思い浮かばない。

「……ママ……私、ハルくんの様子見てくる。病室はどこ？」
「ナースステーションで聞きなさい。あまり東校の子達と話さないようにね」
「………………」
返事をしないで、私はママに背を向けた。

「ユキちゃん！」
ナースステーションに行く前に、待合室にいたキョースケくんに声をかけられた。
「キョースケくん……、ハルくんは？」
「今、検査中。突然電話してごめんね……ハルの行きつけの病院が分からなくて」
「ううん。電話くれてよかったよ」
「本当に、ありがとう」
キョースケくんは私に頭を下げると、椅子に座り込んだ。

「キョースケ。この人、誰？」
誰かがキョースケくんの名を呼んだ。
振り返ると、すごく可愛《かわい》い女の子が私を睨《にら》んでいた。
「……奈々」
「あんた、ハルのこと知ってんの？　つかハルとどういう関係？」
「え、……あの……」
奈々という女の子の迫力に押され、私は口ごもった。
……怖い。
可愛いけど、すごく怖そうな女の子だ。
奈々から香水のきつい匂《にお》いが漂ってきて、思わず顔をしかめてしまう。
「ちょっと、なにその態度っ！　ムッカつくんですけどっ⁉」
「…………」
「よせ、奈々！　ユキちゃんはこの病院の娘なんだよ‼　今だって時間外なのにハルのこと診てくれてるんだ！」
「え……？」
奈々はちょっとだけ気まずそうな表情をすると、さっきまでとは別人みたいに愛想《あいそ》よく笑った。

「そおなんだぁ～！　ありがとうございますぅ～。ごめんねぇ。奈々、勘違いしてたぁ」
「………………」
「奈々、ハルの彼女なんだぁ。だから心配で心配でぇ」

この子が、ハルくんの彼女……？

『守ってやりたいって思う、……そんな子だ』
『……俺は、別に好きで彼女と付き合ってるんじゃない』
『なにを言ってるんだ？　俺に好きなヤツはいない』

ハルくんの言葉《ことば》が頭の中で繰り返される。
ただの勘だけど、ハルくんが好きな女の子はこの人じゃない。
好きなヤツがいないって、きっと嘘《うそ》だ。
……ハルくんは、もうその子を諦《あきら》めたってこと？

「ユキさん……って言いましたっけ？」
奈々がニコニコと親しげに笑いかけてくる。
いくら可愛いからって、私……この子、生理的に受けつけない。
なんか、嫌な感じがする。
「ハルが死んじゃったら奈々も死んじゃいますぅっ！　奈々たちラブラブだから、絶対にハルを助けて下さいっ‼」
「な、奈々！」
「……ハルに何かあったら、奈々許さないから。奈々、怖い友達たくさんいるしぃ……どうなるか分かりますよねぇ？」
「いい加減にしろ！」
キョースケくんが奈々と私の間に割り込んできた。

「ごめんね。コイツ、ハルのことになるとおかしくなるから」
「はあ？　おかしくないし！　ハルは奈々の彼氏なんだから当たり前じゃん」
もう分かった。
ハルくんの好きな女の子は、絶対にこの子じゃない。
直感的に確信する。
「……私にとっても、ハルくんは大切な友達なので、担当医さんにお願いしておきます」
「大切ぅ〜？　ねぇ、ユキさん。もしかしたらユキさんもハルのことが好きとか？」
「……違います」
奈々の意地悪そうな眼差しに、今度はしっかりと目を合わせた。

だって、私の好きなひとは……。

「なら安心〜♪　疑ってごめんなさいっ！　ユキさん、仲良くしましょうねっ！　そうだ、ハルの検査終わったかなぁ？　奈々見てくるねっ」
パタパタと廊下を走る奈々。
ここは病院だし、患者さんもいるから走って欲しくない。

「……久しぶりに会ったのに、こんなんでごめんね」
さっきから謝ってばかりいるキョースケくん。
キョースケくんが悪いワケじゃないのに……。
「ううん。私もなかなかコンビニ行けなくてごめんね」
「ユキちゃん、忙しかったんでしょ？　塾も部活も頑張ってたじゃん。仕方ないよ。それに、西校って進級試験が定期的にあるんだよね。由香が言ってた」

由香。
その名前をキョースケくんの口から聞いた瞬間、私の心が嵐の前みたい、ざわりと嫌な風が吹いた。

「……由香さんは元気？」
「元気元気！　元気すぎて逆に困ってるくらい」
今まで暗い顔をしていたキョースケくんが、少しだけ笑ってくれた。
私が、ずっと見たかった大好きな笑顔。
この笑顔を、由香は独り占めしてるんだ。
キョースケくんの笑顔を見れて幸せだけど、同時に暗い気分になる。
「……ハルのことなんだけどさ」
「うん」
「アイツ、最近らしくないって言うか……さっき奈々っていたじゃん。はっきり言って、ハルは奈々のこと全然相手にしてなかったんだよね」
キョースケくんは指を組むと、溜《た》め息《いき》をついた。
「……ハル。多分だけど、別に好きな子がいると思う」
「やっぱり……」
キョースケくんの言葉に納得《なっとく》してしまう。
「今日だって倒れたのは、ハルの好きな子が原因なんだ」
「え？」
「俺の憶測だけどね。ハルはなんにも言わないから分からないけど……本当は、他に好きな子がいるのに、どうして奈々なんかと付き合ってんだよ……」
悔しそうに、キョースケくんは制服のズボンをぎゅっと掴《つか》んだ。
「……ハルくんらしくないね」

私は、キョースケくんよりもハルくんの付き合いは短い。
けれど、なんとなく分かる。
……ハルくんは、奈々に恋をしていないって。

「俺、友達なのに何もできなくて悔しい」
「キョースケくん……」
「ハルはスゲー大事な友達だから、なんとかしてやりたい……幸せになってもらいたい」

優しいキョースケくん。
その眼差しから、真剣にハルくんのことを考えてるのが伝わってくる。
私、友達のためにそこまで思えないよ。

「……ハル、大丈夫かな」
「大丈夫だよ！　あのね、ハルくんについた主治医の先生すごいんだよ！　だから、大丈夫」
「そっか。うん、ユキちゃん。ハルのために本当にありがとうね」
少しだけホッとしたキョースケくんの顔を見て、安心する。
キョースケくんには、ずっと笑っていて欲しいから。
「検査終わったよ〜！　ハル、病室に移るって」
「奈々、ハルの意識は戻ったのか⁉」

「まだみたい〜。奈々、不安で泣いちゃいそうだよぉっ！」
奈々は涙をいっぱい目にためて、キョースケくんに抱きついた。
それに、嫌悪感を覚える。

あなたはハルくんの彼女なんじゃないの？
キョースケくんから離れて欲しかった。
本当に……どうしてハルくんはこの子を彼女にしたんだろう？
確かに、すごく可愛いけど……。
「……みんな。ここは先生達に任せて帰った方がいいよ。かなり遅い時間になっちゃったし……ハルくんのお父さんにママが連絡入れたみたいだから」
なんだか、一刻も早く奈々にここから出て行って欲しかった。
まだここにいたいと言い張る奈々を無理矢理連れて、キョースケくんは帰って行った。
振り向きざま、私に頭を下げたキョースケくん。

頭なんて下げなくていいんだよ。
……私、すごく嬉《うれ》しかったから。
私のこと頼ってくれて、……私の存在を思い出してくれて、嬉しかった。
事務所にいるママを思い出したけど、また何か言われるのは嫌だったから、私はそのまま隣接している家に帰ることにした。
キョースケくんもハルくんも……みんな私にとって大事な存在だ。

いくらママでも、これ以上悪く言ったら許さないんだから……。

■ヒュプノス■

朝。
ハルくんのいる病室に行ってから通学した。

「春川くんね。どこにも異常が見られないんだよ。直《す》ぐに目を覚ますと思ったんだけどな。倒れてから3日経つし、親御さんの了承も取ってるから県立の方へ移動しようと思うんだ」
「県立？」
「そう。あちらさんの方が設備が最新だからね。幸い、僕の懇意にしている先生もいる。ベッドが空き次第、春川くんを移すつもり」
「………………」
「ユキちゃんの友達なんだってね。大丈夫、大丈夫。春川くんは若いから」
「……なら、どうして目が覚めないんですか？」
朝の光の中、優しく微笑《ほほえ》む安達先生に問いかける。
ハルくんは目を覚まさない。
もしかしたら、精神的なものかもしれないねと安達先生が言っていた。

ハルくんの心が目覚めるのを拒否しているの……？

カーテンが開けられた室内は、白い光に満ちていた。
ハルくんの整った容貌が柔らかな陽射しに照らされる。
整いすぎた顔が、眠っているせいで人形みたいに見えた。
コンビニのハルくんは、色んな表情を見せてくれた。

特にハルくんの目は綺麗《きれい》で、カレイドスコープみたいにキラキラと素敵《すてき》に変化した。

ねえ、ハルくん。
人形みたいなハルくんは嫌だよ。
いつもみたいなハルくんに会いたいよ……。

キョースケくんは東校の友達をつれて、毎日ハルくんのお見舞いに来てくれた。
……本当は会いたかったけど、ママの目もあるし。
なにより、奈々に会うのが嫌だった。
だから私がハルくんの様子を見に行くのは早朝。
毎日毎日、ハルくんを眺《なが》めた。
寝る前、ハルくんの意識が戻りますようにと神様に祈ってから眠りにつく。
そして、期待を胸に病室に行くと、やっぱりハルくんは目覚めてなくて……元々白いハルくんの肌はますます青白くなっていった。

「……ハルくん……」
問いかけてもハルくんから返事はない。
眠るのは大好き。
夢を見るのは大好き。
悪夢は嫌だけど、幸せな夢を見るのが好き。
空からキャンディやジュエルが降ってきた夢を見た時は楽しくて、私を起こした目覚まし時計が嫌いになった。

……ハルくん。
ハルくんは衰弱していく体とは逆に、なんだか幸せな夢を見ているように思えた。
このままずっと、寝かせていてあげたいような幸せな夢を……。
でも夢は夢だ。どんなに幸せな夢でも、それは現実じゃない。

「……ハルくん、起きて」
「………………」
「ねえ、ハルくん。朝だよ、起きようよ」
ハルくんは答えない。
ただずっと、眠り続けている。
安達先生は大丈夫って言ったけど、私は不安でたまらなかった。
一番最初にコンビニで会ったハルくんと、奈々と付き合い始めたハルくん。
まるで別人？　って思えるくらい、雰囲気が違った。

『話したこともねーのによ、おっかしいよな。……好きなんだよ』
『好きで、気になって……見つめてるだけが精一杯だ』
『別に、いいだろ。誰にも迷惑《めいわく》かけてねえし。俺はなあ、好きなヤツに彼氏がいようが好きで居続けるぜ。好きなんだから、仕方ねえだろ』

……ハルくん。
どうして、君は変わってしまったの？
換気のために開けた窓から入ってきた風が、ハルくんの色素の薄い前髪をさらった。

『いいんじゃねえの？　好きなら好きで、そのままでいれば』

ふいに。
ハルくんの、声が聞こえた気がした。
「……ハルくん？」
ハルくんは、相変わらず目を覚まさない。

『好きでいるのが悪いことなのか？　思っているだけで罪になるのか？　違うだろ』

でも、あの日のハルくんの声が私の耳にはっきりと聞こえる。

『彼女なんて関係ないじゃん。好きなんだろ？　キョースケが』

……うん。そうだよ。
好きだよ。

「ハルくん……私、やっぱりキョースケくんのことが、好きだよ」
「………………」
何も答えないハルくん。
だけど、その目から……涙が一筋、すうっと流れた。
「ハルくん……！」
もしかして、私の声が届いているの？
……ハルくんは、好きな女の子と一緒にいる夢を見ているのかもしれない。
透明な涙が、目覚めることを哀《かな》しんでるみたいに感じた。
……なら、どうして……奈々なんかと付き合ったりしたの？
ハルくん……。
泣くほど、辛《つら》いことがあったの？
「………………」
聞きたいことはたくさんあるのに、ハルくんは何も答えない。
それよりも、一筋の涙が言葉《ことば》より雄弁にハルくんの心を語っているように思えた。

優しい夢は、楽しい……？
でも、ハルくん。
私も、キョースケくんも、ハルくんの友達も、みんなみんな心配しているんだよ。
ハルくんが目を覚ますのを待っているんだよ。

……私、頑張ってみるよ。

毎日お見舞いにくるキョースケくんを私は避けていた。
だけど……勇気を出して、今日は会ってみようと思う。
だから、ハルくん……。

「ハルくん、ありがとう。私、頑張るよ」
「………………」
「だから、ハルくんも頑張って……！　夢の中に逃げないで……戻ってきて……」

精神的なもので、目覚めない患者さんがいることは知っていた。
現実が嫌で、目が覚めない。目覚めることができない。
だけど、ハルくん。

「お願いだから、……帰ってきて」
あなたを待っているひとは、たくさんいるのだから。

□ □ □

放課後。
帰宅してから、私はハルくんの病室に向かった。
ナースステーションの看護師さんに挨拶《あいさつ》をして、病室へと廊下を歩く。
曲がり角の所で、キョースケくんや友達の声が聞こえた。
それに混じって女の子の声も聞こえてきた。
……でも、奈々じゃない。
この声は……。
「ねー、キョーちゃん。ハル、大丈夫なのぉ？」
声の主は、由香だった。
思わず、廊下の隅に身をひそめてしまう。
そっと病室の前を伺うと、由香とキョースケくんとその友達、そして女の子達がいた。
由香と同じ制服を着ているから友達なのかもしれない。

「由香。ユウナちゃんは？」
「ん……行かないって。ユウナ、責任感じちゃったみたいで……すごく落ち込んでた」

「ユウナちゃんのせいじゃないのに」
「そんなん分かってるよぉ！　……ユウナは、すごく優しいから……だから……」
内容はよく分からないけれど、病室の傍《かたわ》らの長椅子で由香とキョースケくんは寄り添うように座っていた。
「ユウナに……これ以上辛い思いさせたくないよぉ……」
「……由香」
「だって、ユウナばっかり苦しい思いしてさ……う、うう……」
ポロポロと泣く由香の頭を、ポンポンとキョースケくんが優しく撫《な》でた。
ぎゅうと、心臓を直で握られた感じがした。
私の大好きな男の子。
私と仲良くしてくれる男の子。
大事な友達の男の子。
なのに。
あのポンポンは由香だけのもの。
彼女だけの特権。
心臓が余りにも痛いから、いつの間にか私も泣いていた。
由香も私と同じ、泣いている。
でも、決定的に違うのは……由香にはキョースケくんがいてくれるけど、私には頭を優しく撫でてくれるひとが傍にいないこと。
「――――――！」

私は泣き声を押さえ、病院を後にした。

□　□　□

「ああ。久しぶり」
私はコウの星空の部屋に来ていた。
ここはコウのアトリエ。
絵の具の匂《にお》いと古い家の木の香りが心地よかった。
「うん……そうだね。久しぶりだね」
「お前、目が真っ赤だけど大丈夫か？」
「か、花粉症なの！　ほら、今年は去年の20倍の花粉が飛んでるってニュースで言ってたでしょ？」
「………………」
コウは無言で立ち上がると、そのまま部屋から出て行ってしまった。
星空の中、一人取り残される私。

そりゃそうだよね。
ずっと通ってたのに、都合がいい時だけ来られても。
それに、コウは絵に集中したかったのかもしれない……。
私って空気が読めないんだなあって、こんな時いつも思う。

「開けて」
「え？」
さっき出て行ったコウの声が、扉の向こうから聞こえた。
「どうしたの、コウ？　ドア開かないの？」
「いいから開けて」
言われるまま扉を開けると、コーヒーカップを両手に持ったコウが立っていた。

「はい」
ぶっきらぼうに、コーヒーカップが眼前に差し出される。
深いターコイズブルーのようなコーヒーカップは、まるで夜空にきらめく星からできたみたいだ。
「……えと」
「なに。コーヒー嫌いなの？」
「ううん！　そんなことないよ」
私は両手でそっとコーヒーカップを受け取った。
コーヒーカップからじんわり伝わる温かさが優しくて……。

ポロリと、涙が出た。

「あれ？」
「………………」
「あれ？　え、……あれ？」
ポロポロと、涙が止まらない。
優しくて哀しくて、涙が止まらない。
どうしよう。
コウにヘンに思われる。

「……花粉症」
「え？」
「今年の花粉は去年の20倍なんだろ？　大変だな」
「……コウ」
コウは何事もなかったように、私に腰をおろすように促した。
「早く、花粉の時期が過ぎるといいな」
「……うん」

きっと。コウは、なんとなく分かってるんだ。
分かってて、知らないフリをしていてくれるんだ。
だって、コウは。
なんでも見通す魔法の目の持ち主なんだから。

「……もう少しで完成だね」
「ああ」
「結局、2ヶ月もかからないうちに終わっちゃいそう」
「そうだな」
暗い部屋の中。
コウと一緒にコーヒーを飲んだ。
私は、泣いたせいか水分不足みたいで。
普段はブラックコーヒーなんて苦くて飲めないのに、とても美《お》味《い》しく感じた。
「……ん？」
コウの描き足された星は、前来たよりも増えていて、私はあることに気がついた。

「コウ、どうして北極星がないの？」
北極星は大事な道標《みちしるべ》だ。
地軸の延長にあるから、動いたりしないから。
「北極星は描く気がしなくなったんだ」
「どうして？　ポラリスを描く気がしないの？」
ポラリスは北極星の名前のこと。
私の好きな星だから知っていた。
……哀しい優しい神話の伝説。
家族と引き裂かれた子供のお話。

『ずっと別居してた親がようやく離婚するから』

なんとなく、コウの状況と似ているなと思った。

「ポラリスが北極星？」
コウが呆《あき》れたように私を見た。
「ポラリスは今の北極星だろ？　未来の北極星じゃない」
「どういうこと？」
「知らないのか？　北極星は歳差で変わっていくんだよ。だから、北極星は過去にも別の星に名付けられて、未来の北極星も別の星になるんだ」
コウはポラリスがいる子ぐま座だけ描かれてない場所を見つめた。
「昔、ベガが北極星だったみたいに、北極星は不変じゃない。変わっていくんだよ」
そうして、コウはベガを指差した。
「ベガって七夕の織姫の星？」
「そう。一番古い北極星だ」
「そうだったんだ」
星を見るのが好きな私。でも、そこまで詳しくはない。
改めて、博識《はくしき》なコウに驚く。

「変わらないなんてつまらない。最近、僕はそう思うようになった」

変わらない……変わっていく……。

まるで、人の気持ちみたいだね。

「次の北極星はケフェウス座のエライという星だよ。僕は北極星に憧《あこが》れているんだ」
「え？」
「ユキ。僕は、変わりたい」
「どうして？　コウはそのままですごいじゃない。変わる必要なんかないよ」
「……変わりたいんだ」
星だらけなのに、北極星の周辺だけはぽっかり空いていた。
真っ暗なその場所は、まるでブラックホール。
「自分は自分だと思っていた。変わる必要なんてない、……いや、変わりたいなんて思ったことすらなかった」
「………………」
「なんでだろう。ユキと一緒にいると、そう思う」
膝を抱えたコウは、私を見ない。
ただ、北極星があるはずの空間を眺《なが》めている。
「ユキといると、なぜだか楽しくなる。そして、哀しい」
「私といると、哀しいの？」
突然のコウの言葉に焦《あせ》る。
私、コウを哀しませてるの？
「哀しいって、少し違うかもしれない。ごめん。僕は、言葉で表現するのは苦手なんだ」
「もしかして、私がいると迷惑《めいわく》？」
「違う」
今度は、コウは私をちゃんと見てくれた。
その目はキラキラ赤く、燃えるように輝いていた。

コウのイメージは、私の中でブルーの星みたい。スピカを想像していたけど、今は違う。
彼は確実に、変化している。

「ユキが傍《そば》にいると不思議だ。それは、宇宙に似ているんだ」
「どういう意味？」
「……全長が何万光年もある星を発見した時みたい」
「ぷ。なにそれ。世界旅行よりすごいね」
「光の速さで進まないと、最後までたどり着けない距離だね」
宇宙のことを考えると、自分の存在がいかにちっぽけであるかと実感する。

「ユキは不思議なんだよ」
「私は、コウが不思議で仕方ないよ」
「そう？」
「うん。あなたの発想力は知的で建設的なのに、とても幻想的で儚《はかな》いの」

コウのキャンバスに嫉妬《しっと》した、憧れた。
でも、今なら分かる。
あの作品達は、コウの元素でできた一部なんだ。
ここはコウのキャンバスの中だ。
私は、コウの作品の世界の住人になったように錯覚《さっかく》した。

「……早く、完成したこの部屋が見たいな」
「やろうと思えば明日でもできるけど、あえてやらない」
「どうして？」

「なんとなく」
コウは画材道具を片付けると、立ち上がった。
星空には、コウ。
色白で華奢《きゃしゃ》で繊細《せんさい》なコウの容姿に、夜空はとても似合っていた。

「……プラネタリウム」
「ん？」
「ここ、コウのプラネタリウムみたいだね」
「プラネタリウムか……行ったことがないな」
「なら、行ってみる？　明日、ちょうど創立記念日でお休みでしょ？」
本当は本物の星空をコウに見せてあげたかったけど。
生憎《あいにく》、明日は雨だと天気予報が言っていたから。
「ユキが行きたいなら行く」
「え、私？」
「そう」
コウは空になったコーヒーカップを手持ち無沙汰に弄《もてあそ》んだ。
「僕は、流星群が見たい」
「私だって見たいよ。でもまだ時期じゃないし、……プラネタリウムも悪くないよ。神話だって教えてくれるよ」
「ギリシャ神話なら全部読んだよ。重要なのはユキが行きたいか行きたくないかだ」

コウの綺麗な瞳《ひとみ》が私の目を覗《のぞ》き込む。
行きたくないと言えば、嘘《うそ》になる。
だって、コウと一緒に星空が見たいから。
「この部屋じゃダメなのか？」

「え？」
「ユキはプラネタリウムの方がいいのか？」
コウの瞳の色が変わる。
不思議な色。
ビー玉に油が入ったオーロラ色みたい。
今はそれがコバルトブルーに変化している。
「ダメじゃないよ。とても素敵《すてき》な部屋だよ」
「なら別にプラネタリウムに行かなくても、ここにいればいいじゃないか」
「………………」
コウは感情を露《あらわ》にすることはあまりない。
でも、今はなんだか淋しそうに見えた。
だからかな。
尚更、コウを連れ出したくなった。
「どうしても、コウと行きたい！」
「っ！」
「プラネタリウムの隣のアイス屋さんが、すごく美味しいの。カルピス味だってあるの」
「意味が分からない」
「だから、行って損はないってことよ」

北極星が描いてないこの部屋。
北天の星は北極星を中心に回転している。
それはなんだか主役が描かれない絵画のようで、コウの作品らしくなかった。
私のせいなら、なおのこと。
コウには気分転換して欲しかった。

「どうしてもって言うのなら、行く」
「うん。行こう」

この部屋が好き。落ち着く。
だから、完成させて欲しかった。コウの世界を、宇宙を。
もう少しで転校してしまうコウの、この町でやりたかったこと。
コウはあまり喋らないから事情はよく知らないけれど、なんとなく分かる。

コウは、ここに自分がいた証《あかし》を残したいんだ。

「プラネタリウムの場所、分かる？」
「分からない」
「じゃあ、駅前で待ち合わせしよう」
「分かった」
やっぱり、コウは無表情だけど。

私もコウも、なんとなく嬉《うれ》しい感じがした。

■プラネタリウム■

「東の空を見てみましょう。3つの一際《ひときわ》輝く星が見えますね。あれは夏の大三角形と言われている、琴座《ことざ》のベガ、白鳥座のデネブ、鷲《わし》座のアルタイルです。
特にベガとアルタイルは、七夕の伝説の織姫と彦星で有名な星ですね。一年に一度の夏の夜、ミルキーウェイ、つまり天の川が……」

ドームスクリーンにスタープロジェクターが人工の星を映し出していた。
見学にきているのか、天文博物館は小学生でいっぱいだった。
私の隣では、コウが気持ち良さそうにスースーと寝息をたてている。
私はそんなコウに苦笑しつつ、人工の空を眺《なが》めた。

駅前でコウと待ち合わせした時は、本当に驚いた。
制服姿しか見たことがなかったから、コウの私服にドキドキしてしまった。
細身のネクタイに、それに合わせた黒いジーンズとブーツがコウの長い足にぴったりで、とてもカッコよくて思わず見とれてしまった。

すれ違う女の子達が、みんなコウを見ていた。
まるで雑踏がコウの背景みたい。
確かに彼はここにいて、存在している。
他の人間にはない、独特のカリスマ性があった。

……あんまり意識しないでコウを誘っちゃったけど。
私は小さく溜《た》め息《いき》をついた。

……これって、デートになるのかなあ？
恋愛に疎《うと》い私には、よく分からない。
こんなことを話せる友達は美咲ちゃんくらいしかいないし、学校の友達は受験のことで必死だ。
誰が好きかとか、会話にも上がらない。
最近話したのはオープンキャンパスの話題くらいだ。

プラネタリウムに入るとき、後ろから
「あの人の彼氏めちゃカッコイイ！」って、聞こえてきた。
コウは、私の彼氏じゃない。友達だ。
だから、これはデートなんかじゃない。

「プラネタリウムをご利用頂き、ありがとうございました。またのご来館をお待ち……」
真《ま》っ暗闇《くらやみ》だった館内に光が灯る。
箱庭の宇宙が消えてなくなる。
「……コウ、コウ」
「……ん……」
「起きて。プラネタリウム終わっちゃったよ」
「む……」
むずがる子供のように、コウが目を覚ました。
「ふああ……よく寝た」
「本当に、よく寝てたよね」

「こんなに寝たのは久しぶりだ」
瞼をこすりながら、コウは大きく欠伸《あくび》をした。
「そう言えば、コウってなんだかいつも眠そうにしてるよね。睡眠時間どのくらいなの？」
その割に、成績はいつだってトップクラスだ。
「一時間」
「いちじか……ん……？」
「うん」
コウが、なんでもないことのように言う。
「なんで？　勉強のしすぎとか？」
「勉強なんて授業以外してないよ」
タンとブーツを踏み鳴らし、コウが立ち上がる。
ベルトにつけたチェーンがしゃらりと揺れた。
「じゃあ、どうして」
「やりたいことがあるから」
「やりたい、こと……」
「って言うか描きたいことかな」
振り返ったコウが、ふふと笑った。
「24時間なんて足りない。だから僕は全部の時間を自分のやりたいように使う」
掴《つか》み所がない猫みたい、珍しくコウが微笑《ほほえ》む。
「それって、家に帰っても描いてるってこと」
「そうだよ」
今まで深い眠りに落ちていたのが嘘《うそ》みたい、コウは軽やかな足取りでプラネタリウムの階段を下りていく。

「描きたくて描きたくて仕方ない。全部を描きたい。僕に降りてきたもの全てを生み出したい。僕が形にしなければ、それはただの空気みたいなものでしかない」
「………………」
「今も描きたいってこの胸が叫ぶんだ。うるさくてかなわない」

長い足を持つコウは、私なんか追い越して先に歩いていく。
ああ、コウは本当に絵が好きなんだ。
凡人の私には分からない。だから、追いつけない。

「でも、こんなにゆっくり眠れたのは久しぶりだ」
「そうなの？」
「うん。夢もみないくらい」
館外に出ると、そこはもう真夜中じゃない。
真昼の世界だ。

「いつもは当たり前みたいに夢を見るんだけど」
「それって、眠りが浅いからじゃない？」
「レム睡眠だね」
暗い場所から急に明るい所に来たから、目が眩む。
「夢を見ないのはつまらないけれど、すごくよく眠れた」
「いつも、どんな夢を見るの？」
「あー、空からキャンディやジュエルが降ってきたりとかかな」
「やだ！　私と同じだ」
「へえ。ユキも同じ夢を見るの」
くるくるとコウの瞳《ひとみ》の色が変わる。
好奇心に満ち溢《あふ》れている。
「夢は楽しい。面白い。別世界だ」

「けど、怖い夢はやだよ」
「怖い夢も面白いさ。日常じゃ有り得ないことが体験できる」
「コウ、ヘンなの」
「よく言われる」
コウの夢と私の夢。
同じことにビックリする。
「夢が見れなくて残念だったね」
「残念？　なんで？」
「え？」
「ユキが隣にいたから、よく眠れた」
ずっと先を歩いていたコウが立ち止まる。
私が来るのを待っている。
「すごくよく眠れた」
「そ、そう」
「うん」
コウのいる場所まで、私は歩く。
追いついた先は、プラネタリウムの外だった。

「ユキ、空気が重い。きっと雨が降る」
「え？　分かるの？」
「うん。雨の匂《にお》いがする」
天気予報では確かに雨だと言っていたけれど、朝から晴れていたから、てっきり外れたのかと思った。
しばらくすると、コウの言った通り、ポツリポツリと雨の粒が落ちてきた。
「やだ。本当に降ってきた」
「傘あるよ」

ポンと広げたコウの傘は、水色のパステルカラー。
手品みたいに傘を私に渡す。
「え？　傘なんて持ってたっけ？」
「折りたたみ式。鞄《かばん》の中に」
「コウって、なんだかメリーポピンズみたい」
パステルカラーの傘と、不思議な雰囲気のコウを見ていたら、そのままどこかに飛んで行けそうな気がした。
「なにそれ？」
「知らない？　メリーポピンズのお話。傘で空を飛んで魔法を使うの。スーパーカリフラジリスティックエクスピアリドーシャスって」
「Supercalifra gilistic expialidocious？」
コウが綺麗《きれい》な発音でメリーポピンズの魔法の呪文を呟《つぶや》いた。
まるで本当に魔法にかけられてしまいそうだ。
「訳すとこう？　『すごく綺麗で繊細《せんさい》で教育的な償《つぐな》うこと』……めちゃくちゃだね」
「いいの！　魔法の言葉《ことば》なんだから意味なんかないの」
「そう」

小さい頃から「スーパーカリフラジリスティックエクスピアリドーシャス」は、そのまんま。
よく分からないけれど、すごい魔法の呪文だって思ってた。
まるまる暗記して、もしかしたら魔法が使えるんじゃないかって、一生懸命唱《とな》えてみたこともあった。
ママの大事な花瓶《かびん》を割ったとき。
大事な指輪をなくしたとき。
テストでいい点数を取りたいとき。

いつだって心の中で唱えてた。

「スーパーカリフラジリスティックエクスピアリドーシャス！」
「また？」
「うん」
コウが傘をさすまで忘れていた魔法の言葉。
元気になる呪文。

『訳すとこう？ 「すごく綺麗で繊細で教育的な償うこと……』

訳したことなんてなかったけど、なんだかその言葉、コウのことみたい。
美しく、繊細で、教育的で……償う……？
償う、は違うかな。

「ところで、この後どうするの？　雨の中ずっとこうしてるつもり？」
背の高いコウが傘を持ってくれているから、雨のことなんかすっかり忘れていた。
「あ、そうだね。雨宿りがてらアイス食べに行こうよ」
「うん」
私しかアイス屋への行き方が分からないから、コウが後ろをついてくる。

なんだかおかしいね。
いつだって私は君の背中を追いかけているのに。

「着いたよ」
黄色と水色のストライプのアーケードが目印のそのお店は、平日の夕方なのに賑わっていた。
「コウ、どれにする？」
「ユキが決めて」
「そんなこと言うとおかしなアイスにするよ」
「むしろ、おかしなアイスが食べたい」
「それはそれで困るなあ」
緑色はピスタチオ。ピンク色はストロベリー。
期間限定コンペイトウ入りアイス。
どれにしようか迷ってしまう。
「ごめん。注文するから席取ってくれるかな」
「分かった」
コウが好きそうなパステルカラーのアイスのコンボを注文する。
面白いから普段頼みそうにないものでカラフルにした。
広告やファッション誌の女の子が食べてそうなアイスクリームみたいなカラー。
そして私はいつも食べてるカルピス味のシャーベット。
２つのアイスを両手に持ち、思わず笑ってしまう。
このアイスを見たら、コウはどんな顔するのかな？
いつも通り、無表情かもしれないけど。

窓際の席。夕方の雑踏が見えるテーブル。
そこにコウがいた。
イルミネーションのキラキラに夢中になっているコウ。
その視線の先には、行き交う車のライトや建物の電飾しかない。

でも、きっとコウには私には見えない不思議な世界が見えているんだろう。
色とりどりの光に夢中なコウ。
彼が座っているのはパイプ椅子で。
さり気なくソファーを私に譲っている所がコウらしかった。
私は、ちょっぴり笑ってテーブルにアイスのカップを置いた。
その時、

「……キョーちゃん。ハル、大丈夫なのかな」

後ろから、聞き覚えのある声がした。

「大丈夫だよ。由香、そんな心配するな」
「でもぉ……」
振り向かなくても分かる。
私の後ろには……キョースケくんと由香がいるんだ。

「主治医の先生だって、すごく親身になってくれてるし。なにより、ユキちゃんが毎日様子を報告してくれるじゃないか」
「……毎日？」
「そうだよ。ハルの様子、毎朝メールで教えてくれる」
私は、朝必ずハルくんの容態をキョースケくんに報告していた。

「……由香、あのユキって子。嫌い」

………………。
……え？

「由香！　なんでユキちゃんのこと悪く言うの？」
「だって、なんかヤなんだもんっ」
「……奈々のときも、同じこと言ってたよね」
キョースケくんが溜め息をついたのが分かる。
「奈々とユキちゃんは違うよ。ユキちゃんはいい子だ」
「そうじゃないのぉっ！　奈々は嫌いっ！　でも、あの子はまた違う感じでイヤなのっ！」
すうっと、体温が冷たくなっていくみたい。
由香の言葉に体が竦む。

「ユキ、絶対キョーちゃんのことが好きだよっ！」

ッ！

「由香、知ってるもんっ！　前にあの子がハルに話してるの聞いたもんっ！　キョーちゃんが好きって言ってたもんっ‼」

やだ……嫌だ。
お願いだから、キョースケくんにそれ以上言わないで。

「キョーちゃんだって、あの時聞いてたじゃんっ！」
「由香っ！」
「だって……」

聞かれてたんだ……。
全然気がつかなかったよ……。

「由香。俺、いつも言ってるよね」

キョースケくんの優しい声が、耳に届く。

「世界で一番、由香が好きだって」

……

…………世界で、一番……

「俺は由香が好きなの！　だから心配しない！　俺が由香以外を好きになるなんてありえないから」
「だってぇ……不安なんだもん……」

……私、私……
なんだろう。
私の心、どこに行っちゃったんだろう。
優しいキョースケくんの声音が、今はとても痛いよ。
もうなんにも聞こえない。
キョースケくんも由香の声も。
まるで時間が止まったみたい。
それでも、心臓だけがドキドキと脈打っている。
私は石膏像みたいに固まったまま。
情けなくて、みっともなくて。
いっそ石膏像だったら、バールか何かで粉々に砕いて欲しい。

私、ハルくんが心配だった。

でもそれは、無意識にキョースケくんと繋《つな》がっていられることを期待していたのかな？
だとしたら、私……最低だ。
心のどこかでハルくんを利用しようとしてたんだ。

「行くか」
「え」
ふいに、コウが口を開いた。
……そうだった、今はコウと一緒にいるんだった。
「行くって、アイスは？」
「全部食べた」
「ええっ⁉」
よく見たら、カップの中のアイスクリームはキレイに空になっていた。私の分まで。
「わ、私のも食べたの⁉」
「うん」
なんでもないようにコウが言ってのける。
「でも、ユキが僕に選んでくれたのが一番美味《おい》しかった」
「………………」
「色とりどりなアイスがとけてマーブルになって綺麗だった」
「……コウ」
テーブルの上の空っぽのアイスのカップには何も入ってないけれど、なんだか、コウの気持ちが残ってるみたいだった。
「出よう」
コウに促され、立ち上がる。
でも、後ろの席には……。

「ユキちゃん⁉」
キョースケくんと、……由香がいる。
「すごい偶然だね！　元気だった？」
「う、うん……」
「ハルのこと、いつもありがとうね」
私はキョースケくんの顔が見れなくて俯《うつむ》いた。

「……ユキ、久しぶり」
「ひ、久しぶりだね」
冷たい由香の口調に体がビクリと震える。
「ねえ、隣のイケメン、誰？」
「え……」
由香は私の隣にいるコウを見ていた。
「と、友達……」
由香の目が見れない。でもコウが友達なのは本当。
「そうなんだぁ。すっごくカッコイイ友達だねっ」
「……うん」
「由香！」
立ち上がろうとした由香の腕をキョースケくんが掴《つか》んだ。
「あのっ……私、この前借りたクレンジングとか返してなくて……」
「別に返さなくていいし」
「え……」
「………………」
ぷいと横を向いた由香はキョースケくんの体にしがみついて私を睨《にら》んだ。

キョースケくんは、渡さない。

由香の瞳《ひとみ》が、そう言っている。

「ユキ」
突然、コウが私の名前を呼んだ。

「スーパーカリフラジリスティックエクスピアリドーシャス」
「えっ！」
「すごい言葉なんだろ」
「う、うん」
「元気出るんだろ」
「うん」
「なら今使え」
由香と私の真ん中に、いつの間にかコウが立っていた。
「な、なにっ？　このイケメンくんっ」
「僕はイケメンなんて名前じゃない」
「っで、でも誉《ほ》め言葉だよっ？」
「じゃあ君は意地悪女だ。よろしく、意地悪女」
「！」
コウが冷たい目で由香を見た。
「由香、意地悪なんかじゃないもんっ！」
「僕もイケメンなんかじゃないよ」
怒る由香に無表情のコウ。
コウが、泣き顔の私をそっと背中に隠してくれた。
「由香！」
怖い顔をしたキョースケくんが、由香の肩を掴む。

「ユキちゃんに謝って。今のは由香が悪い」
「な、なんでぇっ!?　由香、悪くないよ！」
「悪いでしょ」
キョースケくんに強く言われ、やっと由香が黙る。
「ユキちゃん、ごめんね」
「え……ううん。クレンジング、返してない私がいけないから」
申し訳なさそうに、キョースケくんが私に頭を下げた。
「……君も。巻き込んで、ごめん」
「いや」
「だけど、由香は意地悪じゃない。本当は優しいんだよ」
キョースケくんが当然のように由香を庇《かば》う。

そうだよね。
彼女だもんね。

……世界で一番好きな、女の子だもんね……。

「…………ッ……」

私は、涙が止まらなくて……でも、そんな顔を誰にも見られたくなくて。
みんなに迷惑《めいわく》をかけたくなくて……。
……だけど……

「……っう、……ごめんなさ……」
「ユキ、なんでお前が謝るんだ？」

「ごめん！　ユキちゃん、泣かないで……」
「……ごめ……なさ……」

泣くだなんて最悪なパターン。
キョースケくん達やコウに迷惑がかかってしまう。
だけど……でも、……こんな時なのに。やっぱり、私はキョースケくんが好きで……。

「泣くなんてズルイよっ！　ヒキョーだよっ！　由香、まぢで意地悪女決定じゃんっ」
「由香！」
「ズルイズルイズルイッ‼」
怒る由香に、ただ謝る私。
好きな人は同じだから、なんとなく分かるよ。
嫌な姿見せられて怒ってるんだよね。
大好きな人には自分の一番素敵《すてき》なところ見せたいよね。

「……泣いちゃって……ごめ……」
謝っても逆効果。
でもどうしていいか分からない。
「由香、こおゆうのイヤッ！　ちょっと頭いいからって、いい子ぶるのズルイッ‼」
「由香っ！」
「なんだ。この女？　面白いな」
「〜〜っ！　面白くなんかないもんっ！　もう帰るっ‼　キョーちゃんのバカっ！」
「おい、待てよ！」

キョースケくんの腕を振りほどき、由香は店から出て行ってしまった。
「ごめんね。俺、由香追いかけてくる」
「………………」
「……ユキを泣かせて彼女を優先」
「……それは……ごめん。ああ見えて繊細《せんさい》な女の子なんだ」
「まあ、男ならそうだろうね。いい判断」
コウの言葉《ことば》にキョースケくんはムッとしつつ、最後にもう一言だけ「ごめん」と謝ると走って行ってしまった。

「………………」
私は、床に落ちた涙の雫を眺《なが》めた。
ポトリと落ちた涙の粒が、外に降る雨のようだ。
そんな私の頭を、コウがポンと撫《な》でた。
「……コウ」
「クレンジングくらいであんなに怒るなんて、カルシウム不足しすぎ」

コウ。
本当は分かってるよね。

「……コウ……ありがとう」

友達になってくれて、ありがとう。
私なんかを庇ってくれて、ありがとう。

こんな私に、ありがとう。

■暗闇《くらやみ》の海で深く息をする■

朝。
私はハルくんの病室に行くのをやめた。
全部主治医の安達先生にお任せすることにした。
こないだの件で、キョースケくんからメールがきたけど、返事をしてそれっきり返ってこない。
メールには、由香とは直《す》ぐに仲直りしたと書いてあった。

……あの時。キョースケくん、すごく焦《あせ》ってたな。
コウに由香のこと悪く言われて、ムッとしていた。
キョースケくんでも、あんな顔するんだ。
笑顔のキョースケくんしか知らない私。
由香にだけ見せる、キョースケくんの特別な感情。
怒っても、スネても。由香は可愛《かわい》かった。
あんなに自分のことが大好きで、大好きで、……必死にあなただけを見つめている、彼女。
……そして、自分も大好きで大切な彼女。
きっと、世界中みんなが敵になっても、キョースケくんなら由香の味方になると思う。

そんなキョースケくんだから、私は……私は……！

やりきれない想いを胸に、私は学校へ行く準備を始めた。

□ □ □

朝、病室にいかなかったことが、なんだか淋しくて。
放課後、病院に行ったけど、キョースケくんやその友達の声が聞こえてきたからそのまま家に帰った。

ハルくん……ごめんね。
私、この恋……ダメかもしれない。
あんなに応援してくれたのに、ごめん……。

ベッドに潜《もぐ》り込んだ私は、息を殺して、泣いた。

□　□　□

ハルくんが倒れて６日目の朝。
部屋についている内線が鳴り響いた。
朝食の準備ができたのかな？
まだ制服にも着替えてなかった私は、パジャマのままで内線に出た。
「もしもし、ユキちゃん？」
「あ、おはようございます。安達先生。どうかしましたか？」
まだ寝ぼけていた私は、安達先生の切羽詰《せっぱつ》まった声に気がつかなかった。
……だから、安達先生の次の言葉《ことば》で、目の前が真っ暗になった。

「春川くんの容態が、今朝方になって急変したんだ……かなり、危険な状態だよ」

手に力が入らなくて……持っていた受話器を床に落とした。

直ぐにキョースケくんに電話をかける。
こないだのわだかまりなんてもういい！
ハルくんが……ハルくんが……！

数コールの後、キョースケくんが電話に出てくれた。
「おはよう、ユキちゃん。こんな朝早くからどうしたの？」
キョースケくんの声から、寝起きであることが分かる。
でも……
「キョースケくん！　ハルくんが……ハルくんが……！」
「ッ！　ハルが、どうしたの？」
「明け方から、容態が急変したって……かなり危険な状態だって……」
「分かった。ありがとう、直ぐにそっちに向かうね」
「ごめんね、うちの病院でこんなことになって……今すぐ県立の病院にハルくんを移すから……」

私が、毎朝ハルくんの様子を見ていたら、こんな事態にならなかった？
くだらない意地を張っていた自分を悔いる。
学校なんて行ってられない。
私は私服に着替えると、直ぐに病院に向かった。
リビングでママに出くわしたけど、聞こえないフリをした。
「ユ、ユキちゃん！　あなた今日学校でしょう？　どうして制服を着ていないの？」
後ろからママの呼ぶ声と、トーストの焼ける香りがしたけれど、全速力で走る。
緊急外来から入り、ハルくんの病室を目指す。

そこには安達先生がいた。
「先生……！」
「ユキちゃん？　私服みたいだけど、学校はいいの？」
「そんなの、今は関係ないです！　それより、ハルくんの容態はどうなんですか？」
ハルくんの寝ているベッドに駆け寄る。
「！」

ハルくんは……

酸素マスクや点滴、心電図モニター、いろんなコードに繋《つな》がれていた。
「ごめん、ユキちゃん。今から県立に彼を運ぶから」
「先生！　準備ができました」
「分かった。直ぐに行こう」
担当の安達先生と看護師さん一人が、ベッドをガラガラと移動させ外に出て行った。
「………………」
ハルくんが、今どんな容態なのかとか。
知りたいけど聞ける状況じゃない。
なにより、あの姿を見れば分かる。

……ハルくんが……もしかしたら、……
…………

……死んじゃうんじゃ、ないかって。

「ユキちゃん！」
「……ママ」
「なにしてるのあなた！　今からでも学校へ行きなさい!!　いつまでそうしているの!?　早く制服を着なさい！」
「………………」
切れ長の目をつり上げて、金切《かなき》り声で怒るママ。
私は、……搬送されたハルくんの後をぼんやりと目で追った。
「ユキちゃん！　お願いだから、ママを困らせないで!!　……県立のツテだって、最終的にママがパパに頼んだのよ！　ママの言っている意味が分かるわよね？」
こめかみを押さえてヒステリックに叫ぶママに、私は従うことにした。

……ハルくんのために手を貸してくれたママに、逆らうなんてできない。
私は自室に戻り、ノロノロと制服を着た。
ネクタイを結ぶ時、涙が零《こぼ》れた。
以前、安達先生が言ってたことを思い出す。

『春川くんは、もしかして周期性傾睡症かもしれないね』
『なんですか、その病気は？』
『眠り続ける病気だよ。白雪姫もこの病気だったんじゃないかって言われてる』
『そうなんですか……』

白雪姫。
悪い魔女の義母に毒林檎《どくりんご》をかじらされ、眠ってしまった女の子のお伽話。

『ただ、10日過ぎると目覚めても意識障害が起きる可能性があるから、早く意識が戻るといいね』
『……そうなんですね』
『特に春川くんの場合は、原因が不明だから、この先、何が起こるか分からないんだ』

……ハルくん……。
お願い……死んじゃイヤだよお……。
やっぱり心配になった私は、こっそり県立の病院に行こうとしたけど、キョースケくんからきたメールで躊躇《ためら》ってしまった。

『今、県立到着した！　ハルの友達も一緒!!　奈々も由香の友達も、みんな来てる。すごいヤバイ状態みたいだから、ユキちゃんも来て！』

行きたい。
すごく、行きたい。
今すぐにハルくんの所に行きたい……！
……でも……

『……由香、あのユキって子。嫌い』

由香の言葉が今もこの胸に突き刺さっている。
それでも……！
大事な友達が、こんな状態なのに、……そんな言葉に負けちゃダメだ！　私は、ハルくんの所に行くんだから！
「行ってきます！」
駆け足で勢いよく玄関の門を出た。
バスに乗り、県立の病院へ行く。
受付でハルくんの病室を聞いて、通してもらう。
うちの病院と違う大きくて真っ白な建物は、まるで無情な迷路のよう。
このまま、出られないんじゃないかと心配になる。
そんなの、イヤだ。
出してあげて。
ハルくんを、ここから出してあげて……！

部屋番号だけを頼りに探していると、一際騒がしい病室を見つけた。
「ハルッ！　……ハルぅっ!!」
叫んでいたのは奈々だった。
みんな、遠巻きに見ている私の存在に気がつかない。
ハルくんから離れようとしない。
そして……

「嫌……もう、イヤ……、こんなの、私……無理……」
「ユウナ？」
「もう、無理なの……！　……もう嫌だぁ……」
「……ユウナ……」
そこには、予測していた通り。由香とその友達がいた。
「大丈夫だよ……大丈夫……大丈夫、だから……」

「……うぅっ、うう……」
「落ち着いて、ユウナ。ウチらが、いるから……」
「一緒にいるよっ……ユウナ！　だから、大丈夫……大丈夫だよ……っ」
泣いている友達を気遣う由香を見ていると、キョースケくんの言葉がふいに頭をよぎった。

『……ごめん。ああ見えて繊細《せんさい》な女の子なんだ』

友達を泣きながら励ます由香。
私にクレンジングを貸してくれた由香。
……私を嫌いだと言った、由香。

そんな由香をぼんやりと見つめている私。
由香は、優しいんだね。
そして、大好きな人にはとても一生懸命なんだね……。
由香を見ていたら、嫌われている自分が哀《かな》しくて切《せつ》なくなった。

しばらくすると、由香は激しく泣いている友達を連れて飲み物を買いに行ってしまった。

……私は、やっぱり顔を出さない方がいいよね……。
ハルくんの病室がかろうじて見える椅子に腰掛ける。

……ハルくん。
傍《そば》にいられないけど、私……ハルくんが帰ってくるの祈ってるから。

私の力全部で、祈ってるから……！

両手を祈りの形に変え、拳に額をくっつける。
涙が出た。
神様、神様……！
お願いします。
ハルくんを、連れて行かないで下さい……！

その時だった。
ポンと、私の頭に誰かが手を置いた。

「！」

驚いて顔を上げると、そこには……ハルくんがいて。

コンビニの制服じゃなくて、スウェット姿だったけど。それは間違いなくハルくんで。
目を大きく見開いている私に、あのなんともいえない顔で、ニカッと笑った。

『ユキ。ありがとうな。俺は大丈夫だから。そんな心配すんな』
「ハ、ハルく……」
『泣くな。俺はお前の泣いた顔は嫌いなんだ』

でも、でも、
涙は全然止まらなくて。ポロポロポロポロ、涙が溢《あふ》れてきて。
幻覚？　錯覚《さっかく》？

それでもいい。
だって、ハルくんが……大丈夫って……。

「う……うぅ……ハルく……」
『ユキ。諦《あきら》めるなよ。大好きなヤツがいたら、好きでいていいんだ。……俺も諦めない』
「……うん……うん……」
『……約束だぞ。絶対だぞ。……じゃあな、ユキ。俺も……頑張るから……頑張ってくるから』
「……ふ、うぅ……」

『お前も、頑張れ』

そう言うと、ハルくんは目の前からすうっと消えてしまった。

ハルくんが消えた空間をぼうっと見つめていると、誰かの叫び声が聞こえた。
「ハルの意識が戻ったぞっ！」
今までの緊迫した空気がほどけていく。
「ハルっ！　ハルっ！　……よかった……」
「ハルぅっ！　奈々だよっ‼　分かる？」
「……ハル……」
ハルくんを心配していたみんなの、安堵の言葉が、心が伝わってくる。

「……う、うぅ……」
本当は大声を上げて泣きたかったけど、みんなに気づかれるのが嫌だったから制服の袖口で唇を押さえた。

……ハルくん……。
よかった……。……よかったよぉ。

涙が止まらない。
ハルくんが、生きててくれたことが嬉《うれ》しくて嬉しくて……私は静かに泣きじゃくった。
ハルくん。
頑張ったんだね。すごいね……よかったね。
「……ハルく……うぅ……」
なら、私も頑張るよ。
諦めないよ。
「……ふ……うぇ……」
幽霊？　幻想？
でも、ハルくんは確かにそこにいた。いてくれた。
ハルくんは、私を励ましにきてくれた。
「……私、頑張るね……」
大丈夫。
ハルくんには会えなかったけど、……会えたから。
きっと、お互いの大事な部分で会えることができたから……！

バタバタと騒がしくなった病室に背を向けて、泣き顔を隠しながら、私は病院を後にした。

□ □ □

「今年の花粉は相当やっかいみたいだな」
「……えへへ」
結局、学校に行かなかった私は、放課後になるのを見計らってコウの部屋にきていた。
「お前、目が真っ赤。ウサギみたいだ」
泣き腫《は》らした私を見て、コウが呆《あき》れたような顔をする。
「学校休む花粉症なんて、重度だな」
「でも、いい花粉症なの」
「どんな花粉症だよ、それ」
「あはは」
泣いたのに嬉しい。だから、思わず笑ってしまう。
「ヘンなの」
前に私がコウに言った台詞だ。だから、私もコウに返す。
「ヘンだよ」

ヘンでいいの。
嬉しいから、奇跡が起きたみたいだから。
ハルくんが起きてくれたから。
だからきっとこれは、ヘンでいいんだ。

コウは愛用のコーヒーカップを持ちながら、部屋の真ん中でぼんやりしていた。
画材を出した気配がない。絵の具の匂《にお》いもしない。
「コウ……なにしてるの？」
「待ってるんだ」
「待ってる？」

「星が降ってくるのを、待ってるんだ」

「星？」
それって、流星のこと？
でも、今は夜じゃないし、ここは部屋の中だ。
星なんて見えるはずがない。
「ちょっと最近、見えなかったけど。そろそろ降ってきそうな予感がする」
「え？　星が？　どこに？」
「ここに」
コウが自分の頭をトントンと人差し指で叩いた。
「ユキが、この部屋に顔見せたら、なんか降ってきそうな感覚になった」
「……？」
天才の言ってることは、よく分からない。
でも、楽しそうにしているコウを見るのは好き。
あんなに、コウの才能に嫉妬《しっと》していたのに。
今は、もっともっとコウがすごくなっていくのが見たい。
コウの素晴らしい作品が描かれていくのを応援したい。
美術部の、みんなの気持ちが分かる気がする。
コウを見ていると「楽しい」んだ。
自分達がやれないことをやってのけるコウを見ていると、胸がスッとするんだ。
「コウ、どういうこと？」
「だから。ほら」
真《ま》っ暗闇《くらやみ》だった空間。北極星がなかった場所。
「星が降るから、すごいの。ここに描ける。描く。描きたい。

そういう感じ」
「つまり、そろそろ完成しそうってこと」
「うん」
コウの顔が真剣なものに変わる。そして、目を瞑《つむ》る。
伏せられた長い睫毛《まつげ》がキレイ。
コウは星が降るのを静かに待っていたんだ。それもとびきりの。
超新星を。

「私、邪魔じゃない？」
「邪魔じゃない」
開かれたコウの瞳《ひとみ》には、もう星が散りばめられていた。
「むしろ、しばらく隣にいろ」
だから、私もコウの隣で目を瞑った。
私にも、星が見えるかな？　見てみたいなあ。
コウと同じ星を、私も見たいよ。

「コウ。星って、降ると音がする？」
「さあ。僕は音なんて聞こえない」
「そっかあ」
星が降るなら、きらめく時に音がすると思った。
鈴みたいな音を想像した。
「私ね、星が降る時に音がすると思ったよ」
「じゃあ、ユキの星は音がするんじゃない？」
「え？」
私の、星……？
「僕には、僕の星がある。ユキにはユキの星がある。同じ星なんかないよ」

「……星は、それぞれ違うの？」
「違う。一緒なんて嫌だな。つまらない」
「…………」
コウと同じ星が見れると思ったから、ガッカリしていた私にコウが言った。

「僕はユキの星が見たい」
そう言われても、どうやって見せていいのか分からない。
「私の星……」
「そう。ユキの星だ」
コウの使う言葉《ことば》は独特だから、知らない人間が私達の会話を聞いたら意味不明だと思う。
でも、私には分かる。コウの言いたいことが分かるんだ。
「いつか、見せたいな」
「見たい」
「うん。私にも、星が降ったら見せるから」
「絶対だぞ」
コウが真剣に念押ししてくるから、私も真剣に約束した。
「その時がきたら、一番にコウに教えるよ」

でも、コウ。
コウが転校するまでに、星が降らなかったら。ごめんね。

私はコウがいなくなる前に、星を見ることができるかなあ。
だから、唱《とな》えた。

心の中で。

星が降るように。

「スーパーカリフラジリスティックエクスピアリドーシャス」
って。

■north star■

学校を初めてサボった日、私はママに頬《ほお》を打たれた。
ママにぶたれたことなんて一度もなかったから驚いたけど、なによりビックリしたのが、怒られても悪いことをしたと思わなかった自分の心だった。
担任の先生から、連絡がきたらしい。
「こんなこと初めてだったから……ママはユキちゃんに何かあったかと思って、心配で心配で……もう少しで警察に電話するところだったのよ！」
喚《わめ》き怒るママを見ながら、大袈裟《おおげさ》だなと思った。
そして、確かにママにぶたれたけど、加減してくれたみたい。
あんまり痛くなかった。

ハルくんの経過は順調で、退院も間近だと聞いていた。
会いに行きたいなあと思ったけど、前より頑張ってる私をハルくんに見せたかった。
ハルくんが頑張ったみたいに……。

今日は部活も塾もない。
だから……あのコンビニに行こうと思う。
キョースケくんに、会いに。

好きになってもらえなくていい。
しつこいかもしれない。
だけど、好きだから……。

会いたい気持ちは本物で、私は私に嘘《うそ》はつけない。
本当はキョースケくんに会うのは怖いけど、こんな気持ちじゃ一歩も前に進めないから。
待っているだけじゃ何も起きないから……。

今日、キョースケくんがバイトに出ているかなんて確証はなかったけどなんとなく予感してた。
もう、前みたいにおっかなびっくりコンビニに入ったりしない。
私は普通に、なんの躊躇《ためら》いもなく自動ドアを開けた。
そこには、やっぱりキョースケくんがいて……
「いらっしゃいませ……ユキちゃん⁉」
キョースケくんは私を見ると、驚いた表情をした後、あのお日様みたいな笑顔で迎えてくれた。
「ユキちゃん！　会いたかったよ‼」
「うんっ！」
「俺、ユキちゃんにすげえお礼が言いたくて……でも、なかなか会えなくて」
キョースケくんの目が潤む。
「ハルのこと、本当にありがとう」
「……ううん。私、なんにもしてないよ。ハルくんが頑張ったからだよ」
キョースケくんにつられて私も泣きそうになってしまう。
「そんなことない！　ユキちゃんはハルのためにめちゃくちゃよくしてくれたじゃない」
「キョースケくん……」
その言葉《ことば》に、胸がじんわりあったかくなった。
今までのことが全て報われた気がした。

「だから、今日の買い物は全部俺の奢り！」
「え？　いいの⁉」
「いいのいいの！　……あー。ただ、スパゲティマンなくなっちゃったのが残念かな」
スパゲティマン、とうとうなくなっちゃったのかあ。
それはそれで寂《さび》しいなあ。
「そっか。スパゲティマン食べたかったな」
「ごめんね。元々、期間限定商品だったから……」
申し訳なさそうな表情のキョースケくん。
違うの。
食べられないから悲しいんじゃないの。
スパゲティマンは、キョースケくんと私を繋《つな》いでくれた、特別なものだったから。
「スパゲティマンはないけど、ユキちゃんが食べたいモノなんでも籠に入れてよ」
「そんな、悪いよ」
「いいって！　……ユキちゃんが俺らにしてくれたことに比べたら、かなりショボいけど……」
キョースケくんが苦笑する。
「ユキちゃんが欲しいもの、たくさん入れて。俺さ、籠の中いっぱいの商品レジするの好きなの」
あははと、キョースケくんが笑う。
私はその微笑《ほほえ》みに癒《いや》されてしまって、キョースケくんに甘えることにした。

コンビニの籠に、あれこれ美味《おい》しそうなものを入れていく。
あ、これ話題になってたラズベリーマカロンだ！

メガプリンも一度食べてみたかったんだよね。
きゃ、このミルクティータピオカ美味しそう。
籠は、あっという間にいっぱいになってしまった。
私は重くなった籠を持って、キョースケくんの待つレジに向かった。
「わあ、たくさん選んだね」
「ごめんなさい！　入れすぎちゃった？」
「ううん。全然大丈夫！　なにを選んでくれたか楽しみだよ」
上機嫌で商品のバーコードをスキャンしていくキョースケくん。
「あれ？」
「どうしたの？」
「いや。ブルーマウンテンのコーヒーが入ってたから」
「あ……」
コウが好きだから、ついチョイスしてしまったんだ。
「可愛《かわい》いお菓子ばっかり入ってたから。ユキちゃん、渋い趣味してるんだね。意外だ〜」
「……あはは」
コウには、たくさん助けてもらったから……密かにキョースケくんからのお礼に入れておきたくなったの。

「今日は、こんなにたくさんありがとう」
「いえいえ。どーいたしまして」
私は、嬉《うれ》しいのと照れくさいのとでキョースケくんの顔がマトモに見れなかった。
……来て、よかった。
「それじゃ」
「あ！　ユキちゃん、待って」

「？」
帰ろうとする私を、キョースケくんが呼び止める。
「またおいでね」
「え？」
「ハル、元気になったら、またここに帰ってくるから」
「……キョースケくん……」
「そしたら、前みたいに……その」
上手《うま》く言えないキョースケくんの代わりに、私が答えた。
「私、ハルくんが戻ってくるの、ここで待ってる！」
「うん」
「またね！」
ハルくんが帰ってくる……。
また、あの頃みたいに戻れるんだ。

重いビニール袋を抱えたまま、私はコウの部屋へ行った。
こんなたくさんのお菓子、家に持って帰ったらママに怒られてしまう。
ママは、市販のお菓子が嫌いだから……。
「コウ？」
コウの部屋のドアをノックする。
反応がない。
もしかして、いないのかなあ？
試しにドアノブを回してみる。鍵はかかっていないから、中にはいるみたいだ。
「……コウ？」
もう一度、声をかける。

コウは……
闇の中、星がきらめく部屋の真ん中でスヤスヤと寝息をたてていた。
……睡眠時間、一時間だけって言ってたよね。
気持ち良さそうに眠っているコウを起こさないように、私はそっとコンビニの袋を置き、傍《そば》に座った。
部屋の真ん中、コウが描いた真夜中の星空を見上げる。
そういえば、この部屋には窓がない。
どうして今まで気がつかなかったんだろう。
私は、隣で寝ているコウを見つめた。

……ああ、そうだ。
きっと、この部屋は「部屋」じゃなくて。
もうコウの作品になっていたから気にならなかったんだ。

コウを見る。じっと見つめる。
よく見たら涙みたいな泣き黒子《ほくろ》があるのを発見した。

キレイな顔。
キレイな人。
彼はキレイだから、こんなにも素敵《すてき》な作品を生み出すことができるのだろうか。

コウが不思議で、その秘密が知りたくて。
気がついた時は、コウの呼吸を感じるくらい近くまで顔を寄せていた。

あ。
と、思った瞬間。
私の世界が全て星空になった。

「ッ！」
くちびるに、冷たいような温かい感触。

おかしいね。
見れないと言っていた、コウの瞳《ひとみ》の中の星々がキラキラと輝いて見えるよ。
だから、私は自分に何が起こっているか分からなかった。
星を見たのも初めてだし、他人とこんなことをしたのも初めてで……。

「………………」

だって、私……。
これって。
私の頭に回された大きな手が、優しい。
くちびるが、優しい。
でも……。

ガバッと、コウの体から慌《あわ》てて身を起こす。
「なに？」
不思議そうに私を見つめる瞳には、まだ星が見えた。
「コ、コウ……！」
だけど、でも……。

頭がついていかない。
……コウにキスされたなんて、頭がついていくワケがない。

「ああ、そうか」
コウの瞳から星屑が消えていく。
「これは、夢じゃないのか」
「え？」
「おはよう、ユキ」
何事もなかったように。
本当に、なんにもなかったように。
コウは起き上がると、ゆっくりと背伸びをした。
「よく寝た。ユキ、今何時？」
「え、え……っ」
「………………」
戸惑《とまど》っている私をよそに、コウは鞄《かばん》から携帯を取り出して時間を確認する。
「２時間も寝てたのか」
「コ、コウ……？」
「なに？」
無表情で私を振り返るコウ。
「あの……今……」
「？」
「………………」
なんて言えばいいか分からない私より先にコウが口を開いた。
「もしかして、夢の話？」
夢の、話……？
「なに、この大量のお菓子？」

私の脇に置いてあったコンビニ袋をコウが見つける。
「こんなに買ってどうするの？」
呆《あき》れたように答えるコウは、確かにいつものコウだけど。

私は。
私、は……。

「……夢、なんかじゃ、ないよ」
そんな、夢って言葉で割り切れない。
だってコウは私にキスをした。
まだ感触が唇に残ってる。
夢だって思いたい。けれど、これは事実。
私、初めて……誰かと口づけしたのを、そんな簡単に片付けて欲しくない。

「ユキ？」

私の、好きな人は……。
初めて好きになった人は、太陽みたいに眩しいひとで。

「……ユキ」
私は、同年代の子より遅れてるのかもしれないけど。
でも、そういうのは……。
「ユキ、ユキ」

大事に、したいって。
大切にしたいって。

好きな人とだけしたいって。

「泣いてるのか？」
「……、ふっ……」
思っちゃいけないのかなあ？

『ユキは真面目《まじめ》すぎるんだよね』

美咲ちゃんの言ってた通りだ。
私、こんなだから。重くとらえてしまうから。
こんなことは、普通に比べればどうってことないのかもしれないけれど。だけどね……。

「ユキッ！」
走り出した気持ちはもう止まらない。
きっかけは、たわいないキスだった。
コウが寝ぼけて私にしたキス。
だけど、私に誰が一番好きなのかはっきり分からせてくれた。

『いらっしゃい。ユキちゃん！』

私、キョースケくんが好き。大好き。
好きで好きで。
彼に彼女がいるのを分かっていても、私はあなたが大好きで。
「……キョースケくん……」

会いたい。今すぐキョースケくんに会いたいよ。

私の足は休むことを知らないみたい。
走って、走って、走って……電車に乗って……さっきまで買い物をしていたあのコンビニの前まで来ていた。
とにかく、キョースケくんに会いたかった。
電車の中、泣き続けていた私はおかしな目で見られてただろう。
でも、ひとの目なんか気にならないくらい私の頭の中は彼のことでいっぱいだった。

涙を袖口で拭《ぬぐ》って、コンビニの中へ入った。
レジにキョースケくんの姿はない。
もしかして、帰った？
不安になって、店内を見渡したら商品の補充をしているキョースケくんを見つけた。
「キョースケくん……」
「あれ？　ユキちゃん！　帰ったんじゃなかったの？」
「……ん……」
「って言うか、どうしたの？　泣いてるじゃない！」
「………………」
心配そうなキョースケくんに、再び涙が溢《あふ》れた。
「なにがあったの？」
「……ふ……」
「大丈夫？　話せる？」
「…………」
私は首を横に振った。
キスされたなんて、話したくない。

「わ、……私ね……」
他にお客さんがいたけど、溢れ出した感情がなだれ込む。

「キョースケくんのことが……どうしても、好きで……」

涙は、全然止まってくれない。
「ユキちゃん……」
「彼女がいるの、知ってるのに……こんなこと、突然言って……ごめんね……」
仕事の手を休め、困ったような表情を浮かべるキョースケくん。

……ああ。
見たかったのはキョースケくんの笑顔だったのに、私は何をやってるんだろう。
冷静になれない私は、そんな自分にも涙してしまう。
「……ごめ……」
「ユキちゃん……俺は……」
分かってた。
私、どう見ても今すごくウザイよね。
自分勝手な都合で、キョースケくんの気持ち考えないで、バイトの邪魔して……。
「……ごめ、ね……私……」
「……ありがとう」
「え？」
キョースケくんの言葉に、顔を上げる。
「ど……して……」
「そりゃ、ユキちゃんみたいな女の子に好きって言われて嬉しくない男はいないんじゃない？」

……キョースケくんは、笑った。
いつもみたいに。
太陽みたいに。
「……キョースケくん」
「ユキちゃんのことだから、絶対なにかあったよね。……その、俺ら……ユキちゃんちの病院で迷惑《めいわく》かけてたみたいだし。もしかして、俺達のことで随分無理してたんじゃないの？」
気づいて、たんだ。
「ユキちゃんは、優しいから」
泣き止まない私に目線を合わせ、キョースケくんは一緒に屈んでくれた。
「キョースケ、くん……」

ポンポン。
って。
私が、欲しくて欲しくてたまらなかった、由香にしてたように。
キョースケくんは私の頭を撫《な》でてくれた。

「だけど、俺は……由香が……」

もう、いい。
ごめんね、ありがとう。
私、すごく幸せ。
優しいのは私じゃない。
こんな私を受け止めてくれたキョースケくんが、一番優しい。

「キョースケく……」
「なに、やってんのよ……」

ひやりとした声が、頭上から降ってきた。
声の主を確かめようとした瞬間。
「由香！」
私は思い切り由香に突き飛ばされた。
体が床に叩きつけられ、息がつまる。
鞄の中身がバラバラと散らばった。
その中にあった筆箱を、由香のローファーがぐしゃりと踏みつけた。
デッサン用に削った鉛筆がバキバキと折れる音がする。

「あんたねぇ……、……っ！　……あんたねぇっ‼」
「やめろ、由香っ！」
「最っ悪‼　やっぱりそうじゃんっ！　キョーちゃんのこと……」
「違うっ！」
「違わないっ‼」
今度は私じゃなくて、由香が泣き出す番だった。
「もおヤダぁ……あんたなんて大嫌いっ！」
「………………」
知ってる。
ごめんね……。
ボロボロと泣いている由香。悪いのは完全に私の方だ。

「キョーちゃんに二度と近づかないでっ！」

「吉沢っ！　なんの騒ぎだ⁉」
「店長……」
「だ、大丈夫ですか？　お客様」
奥から出てきた眼鏡の店長さんが私を抱き起こしてくれた。
由香は、キョースケくんにしがみついて泣いていた。
「吉沢、ちょっとこっちに来い！」
「ユキちゃん、ごめん。由香は、いつもの場所で待ってて」
店長に腕を掴《つか》まれ、キョースケくんは行ってしまった。
取り残された由香は、悲しいのか怒ってるのか震えていて……。
「……ごめんなさい」
謝る私の頬《ほお》を、由香は叩いた。
構えてなかった私の体は再び床へと崩れた。
鞄の中に入っていたポーチや教科書の上に力なく倒れ込んでしまう。
私の体の重みで、ノートが曲がり、ビリッと破れた。

「由香、バカだから……怒りすぎて言いたいこと言えないけど、……」
「…………」
「ひとの彼氏取ろうとするなんてサイテーだよっ⁉」
「……、……」
「それに、キョーちゃんはあんたのことなんか全っ然、好きじゃないんだから！」
うん。
「由香のことが一番好きって、いつも言ってくれるんだからぁっ！」
……それも、知ってる。

「ユキは人のモノを取るヤツじゃない」
床に転がっている私に手をのばしたのは……コウだった。
「コ、コウ？」
「お前、走るの速い。電車から降りた途中見失った」
「……どうして、……」
ついてきたのと、目で訴える。
「僕のせいだと思ったから。泣いたの」
よいしょと、私の体を起こしてくれるコウ。
「あ、あんた！　あの時の……」
「そう。あの時の。こんにちは」
「やっぱり、あんたが彼氏なんじゃんっ！　二股とかサイテーサイテーサイテー！」
「……彼氏じゃないよ」
コウは私の腕を取ると、そのまま歩き出した。
「彼氏じゃないなら、なんであんたがここに来るのっ！」
「友達だから」
「はあ？」
「ユキが。そう言っただろ。あの時」
振り向いたコウは、足元に散らばった私の鞄の中身を拾うと、由香を見てちょっと笑った。
「全部、僕のせい。ごめん」
「い、意味分かんないしっ！」
「ユキも。ごめん」
コウは私に鞄を渡すと、コンビニを出るように促した。

「由香もうヤダッ！　こんなのもうヤだぁっ‼　ユキ、あんた二度とキョーちゃんの前に現れないでっ!!　次、会ったら、……由香、何するか分かんないんだからぁっ!!」

後ろから聞こえる由香の金切《かなき》り声が、胸に痛かった。
もう、会えない。
キョースケくんに、会えない。
私は、二人を別れさせたいんじゃない。
ただ、想いを伝えたかった。
どうしようもなかった。
けれど、私のした行動は最低で。
結局、キョースケくんを困らせてしまった。

私のせいで、バイトをクビになったらどうしよう。
私のせいで、由香と別れることになったらどうしよう……。
私の、せいで……

「もう、あそこには行かない方がいいと思う」
「え？」
「ユキは、僕の部屋にいればいい」
私を掴むコウの腕の力が強くなる。
「あそこには、ユキの星はない気がする」
「それって……どういう意味？　なんで行かない方がいいって分かるの？」
「雨と同じ。分かる」
友達なのに、突然キスしてくるコウの部屋の方がよっぽど危険な気がした。
それに……

「大丈夫……もう会わない」
「そう」
会いたいけど、会えない。
「でも、あのコンビニには……また行かなきゃいけないの」
「どうして？」

……ハルくんに、会いたいから。
私、頑張ったよって伝えたいから。あのコンビニで。最初の時みたいに。

「なら、その時は僕を連れていけばいい」
「イヤだよ」
「危ないよ」
「……いない時を選んで行くから、平気」
誰を、とは。あえて言わなかった。

一番初めに。
塾に通い出した頃、キョースケくんを見て、あの笑顔にときめいた時に。
ハルくんを見て、怖いなって誤解してた時に。
私が、初めて恋をした時に。
あの頃みたいにコンビニへ行きたかった。

「コウ」
「うん？」
「あの部屋……早く完成したらいいね」
「………………」

駅に着くまで、コウは黙っていた。
そして、別れ際にコウは言った。
「……さっき。ユキが部屋にいた時、すごい星が降ってきた。もう描ける。完璧に」
「ほんと⁉」
「だから、……ごめん」
コウが乗った電車の扉が閉まる。

「もう少しだけ、僕の傍《そば》にいて」

□　□　□

「そんなことがあったんだ」
「……うん」
誰かに聞いて欲しくて我慢《がまん》できなくなった私は、とうとう美咲ちゃんに全てを話してしまった。
あれから、何日も過ぎていた。
けれど、昨日のことのように思い出してしまう。
「もうさあ。由香ってヤツから奪っちゃえば？」
「それはダメだよ」
「別に結婚してるワケじゃないから奪って構わないし」
「……その前に、私なんか相手にしてもらえないよ」
「そうかな？」
プリントに目を通しながら、美咲ちゃんは言った。
「ユキ、かなりキョースケのタイプだと思うけど？」

「……え？」
どうして、美咲ちゃんがキョースケくんのこと知ってるの？
知らないんじゃなかったの？
「美咲ちゃん。もしかして、キョースケくんのこと知ってるの」
「……うん」
美咲ちゃんはバツが悪そうに笑った。
「同じクラスなの。それに、彼氏がキョースケと友達だから」
「ッ、……」
「なんで隠してたかって聞きたいんでしょ」
頭の良い美咲ちゃんは、私より先に聞きたいことを言葉《ことば》にした。
「……知ってたから」
「え？」
「キョースケに彼女がいるの、知ってたから」
ごめんねと、泣き笑いみたいな表情になる美咲ちゃん。
「ユキの恋。壊《こわ》したくなかったの」
「私の、恋……」
「あんな楽しそうなユキ、初めて見たから。言えなかった……」
「………………」
「でも、言っておいた方がよかったなって、ユキの話聞いて後悔してる」

そんなことないよ。
私、キョースケくんに彼女がいるの知っても……恋をして、幸せな気持ちになれたよ。

「ユキの恋、叶《かな》えてあげたいなあ」
「……無理だよ」
「なんで？　ここまできたら応援するよ。って言うか、キョースケのカノ、マジムカつくなー。なんであんな女、彼女にしたし。キョースケ、趣味悪っ！」
笑った美咲ちゃんの唇には、ピンクのグロスが光っていた。
それに、ドキッとする。

美咲ちゃんも、彼氏とキスしてるのかな？

「美咲ちゃん」
「うん？」
「な、なんでもないっ！」
聞けないよ。
……キス、してるのかなんて。

「なんで言いかけてやめるの？　あ、分かった！」
「っ！」
「ハルのことが知りたいんでしょ？」
「ハルくん……」
「やっぱりね。ハルなら、もうバイト始めてるよ。入院してたなんて思えないくらい、めちゃ元気」
ハルくん、コンビニのバイトに戻ってきたんだ……。
「それ、ホント？」
「うん。こないだから復帰したって彼氏が言ってた。快気祝いもやったみたいだよ」
「……そっか」

ハルくん、元気になってよかった。
「会いにいけば？　って、キョースケの彼女がいるしなあ。あのコンビニ、私も行くけど由香けっこう見かけるよ。キョースケに喋りかけまくってるけど、よくクビにならないよね」
「それは、キョースケくんはキチンとお仕事してるから、店長さんも分かってくれてるんだと思うよ」
「流石《さすが》、常連だね」
「なんとなくだけど」
コンビニのお仕事、すごく楽しんでやってるキョースケくんを知ってるから。
「ユキはさ、ハルに会いたいんでしょ？」
「………………」
「黙ってても分かるよ」
「な、なんでっ⁉」
「前にも言ったじゃん。ユキは表情が少ないって。だから見てて分かりやすい」
私って、そんなに顔に出やすいのかなあ。
「ハルにそれとなく聞いといてあげる」
「あ、ありがとう……」
「ううん。こんなことくらいしかできないけど……」
途中で、講師の先生が来たから会話が途切れてしまった。
でも。
美咲ちゃんがサラサラと書いたノートの隅に、頑張れって文字が見えた。

□　□　□

「ユキ」
部活の時間。
私はコウに呼び止められた。
コウにキスされて以来、なんだか気まずくて、あの部屋には行っていなかった。

「なに、かな……」
「北極星」
「…………」
「北極星、描くから。描けるようになったから」
「………………」

「ユキに僕の星を見て欲しい」

コウ。
私も、見たいよ。
だけど、あの時の感覚がまだ唇に残ってるの。
コウの唇は、冷たいのにとても熱かった。
気恥《きは》ずかしくて俯《うつむ》いていると、私の携帯が鳴った。
いけない。マナーモードにするの忘れてた。
慌《あわ》てて携帯を手に取り、画面を見ると。美咲ちゃんからメールが届いていた。

『ユキへ　今日のバイト、ハルだけらしいよ！
　行くなら今だよ（^_^）/頑張ってね～！　☆美咲☆』

今日、ハルくんしかいないんだ。

ハルくんが倒れてから話をしたことがない。
私、ハルくんに話したいことがたくさんある。
聞いてもらいたいことがいっぱいで……。

「ユキ？」
「ごめん。帰るね」
「ユキ！」

私は画材を片付けると、鞄《かばん》を持って部室を出た。
これで、おしまいだから。終わりにするから。
ハルくんに会ったら、二度とあのコンビニには行かないから。

当たり前みたいに覚えてしまったコンビニへの道程を歩く。

もうこの道を歩くこともないんだ。
だけど、決めたから。
一歩一歩、忘れないように刻んでいく。
私に芽生《めば》えた、幸せで楽しい気持ちを忘れてしまわないように。

そんなことを思いながら歩いていると、あっという間にコンビニに着いてしまった。
早く来たかったのに、もう着いてしまったとガッカリしてしまう矛盾を感じながら、私はコンビニの中に入ろうとした。
中に、ハルくんがいるのが見える。
相変わらず、仏頂面《ぶっちょうづら》で接客しているのに笑ってしまう。

「……しゃいませ……ッ、って、ユキッ！」
ハルくんは私を見て、すごく驚いた顔をした。
「ハルくん……よかったね。元気になったんだね」
「ああ。すげー元気」
「うん」
「俺、お前にめちゃめちゃ会いたくて、礼とかイロイロ言いたくて……」
ハルくんがたくさん話しかけてくれるのが嬉《うれ》しかった。
また、ハルくんとお話ができてる。
嬉しいな……。
「お前の家行こうとしたんだけど、親父と揉めて……なかなか挨拶《あいさつ》行けなくてマジごめん」
「いいよ」
元気な顔が見れただけで、充分だよ。
もう、充分。

「それじゃ、ハルくん。私行くね」
「もう行くのか？」
「……うん。だって……」

「ユキちゃん？」
私が帰ろうとした時、レジの奥からキョースケくんが出てきた。
「あれ？　ユキちゃんじゃない。久しぶり」
「ど、どうしてキョースケくんがいるの？　今日バイトお休みだったはずじゃ……」
「なんで知ってるの？　そうなんだよ。バイト一人休んじゃって代わりに俺が店長に呼ばれたんだ」

「……、……」
「ユキちゃん？」

冷や汗が出る。
早く帰らなくちゃ。
喉《のど》がカラカラに乾いているのが分かる。
ハルくんがいて、キョースケくんがいる、今日のシフト。
それをもし、由香が知っていたら……？
慌ててコンビニを出たけど、私の予感は的中していた。

「……ユキ」
一部始終見ていたんだろう。入り口の外の隣に、腕組みをした由香が待っていた。

「由香、二度と来るなって言ったよね」
「………………」
私は黙って頷《うなず》いた。
「あんた、ストーカーッ⁉　まぢ怖いんですけどっ」
由香に思い切り腕を引っ張られる。
「キョーちゃんとハルがバイトに行くってメールもらって来たら、……やっぱりね。由香、もう許さないっ‼」
連れてこられたのは、いつも私がスパゲティマンを食べていた場所だった。
そこに、前に病院に来ていたハルくんの友人の男の子達がいた。
「あ、あの……」
「コイツだよ。キョーちゃんにつきまとってるストーカー」
「……っ！」

５人くらいの男の子達に取り囲まれる。
……怖い。
怖くて、膝がガクガクする。
知らない男の子一人だけでも怖いのに、こんな大勢……。

「お前かよ。キョースケと由香に迷惑《めいわく》かけてる女は」
「その制服、西校じゃん。ダサッ」
「つーか、由香と張り合ってるって聞いたけど、全然可愛《かわい》くないじゃん。ぎゃはははっ」
「おっ前、なにこんなブスにマジギレしてんの？　うける！」
「余裕で由香のが可愛いっしょ」

口々に色んなことを言われて、立っていられなくなる。
怖い……やだ……怖いっ！
しゃがみ込んだ私に、由香とハルくんの友達が責め立てる。

「身の程知らず」
「地味」
「鏡見ろ」

聞こえているけど、受け止めなきゃいけない言葉なんだろうけど……。

「うわ、泣いた〜っ！」
「お約束、キターッ‼」
「なあ、俺ら今すげー悪い人っぽくね？」
「ちゅーか、どう見ても悪いだろ。俺なら通報するレベル」

「とか言いながら、お前が一番言ってんじゃん」
「はあ？　手出さないだけでも有り難いと思えよ」
「まあな。俺らマジ優しい〜」

笑い声が響き渡る。
私の小さな体なんて、みんなの大きな体に囲まれて見えないだろう。
こうされて、こんなこと言われて、当然かもしれない……。
自業自得だ。
でも、……それでも。

「ユキ」

彼は私を見つけてくれた。
「ユキ、帰るぞ」
「コウ……」
男の子達の輪に、無理矢理コウが割って入ってきた。

「……なんで、……またついてきたの……」
「だから、雨が降るのが分かるのと同じだって。何度言えば分かるんだお前は」
彼らより背の高いコウが、私を抱き起こす。

「コ、コイツもだよっ！　ほら、由香が言ってたこの子の彼氏っ!!」
「やめて！　コウは違う！　関係ないよっ！」
「ほら。嘘《うそ》つくでしょっ。いっつもこんな感じなんだよっ！」

「マジか。由香もキョースケも大変だな」
「彼氏さん？　ちゃんとこの子に言っといてよ。他人のモノを取らないようにって」
「取れてねーけどなっ！」
「ひゃはははははっ‼」
「ゴミクズが、うるさい」
襟首を掴《つか》み凄んでいた男子に、コウが吐き捨てるように言い放った。
「は？」
「今お前なんつった⁉」
「ゴミクズって言った」
汚いモノのように、掴まれた腕を払いのけるコウ。
「刹那的に生きるって楽しい？　僕にはとても真似できないな」
淡々と無機質に話すコウに、皆しんと静まり返る。
だけど、それは嵐の前の静寂《せいじゃく》で……。
「コイツ……っ！」
「いいんじゃね？　アウトでしょコレ」
「だよなー。……殺す！」
私を庇《かば》うコウに、全員で殴りかかった。
「ちょ、やめてよ！　由香、手だけは出さないでって言ったよねっ⁉　ダメッ！　やめて！」
「ここまで言われて無理っしょ！」
……何が、起こってるのか分からない。
コウにきつく抱きしめられてるから、聞こえるけど見えない。

「お前ら、なにやってんだっ⁉」

その中に、聞き覚えのある声がした。
「どっかのバカが喧嘩かよ、うるせえなーって見にきたらお前らかよ！」
「っ、ユキちゃん！」
「は？　ユキがいるのか⁉」
この声は……ハルくんと……

「由香ぁっ！」

キョースケくん、だ。
「やめろ、みんな！　この子は一条病院の娘でハルを助けてくれたんだぞ」
「……え」
「マジか？　……いや、そんなん聞いてねえし」
「俺らは、由香からお前にストーカーがいるって聞いて困ってるって……」
コウへの衝撃《しょうげき》が止まるのと、みんなが私達から離れて行くのが分かった。

「……つか、ヤバくね？」
「……ぅ、……」
「っ、これ……⁉　ハルッ！　電話っ‼」
「分かった！」
薄目を開けると、苦しそうに呻くコウが見えた。
ハルくんがどこかに電話をかけている。
「すみません……場所は広小路のコンビニです……はい、はい……腕を、骨折してるみたいで……」

腕を……骨折……？
誰が……？

「ねえ、大丈夫っ？」
「さわるなキョースケ！　骨折れてるし、救急車来るまで待て‼」

私は……
………………

いつも魔法みたいに素晴らしい絵を描く、コウの右腕が……不自然に曲がっているのを見た。

「コウ……コウッ！」
揺さぶろうとした私を、ハルくんが制する。
「落ち着けっ！」
「だって……！　コウは、すごいのに！　すごい絵を描くのにっ！　描かなきゃならない作品もあるのに……！」

『北極星、描くから。描けるようになったから』

あんなに、悩んでた。
やっと描けるようになったのに。

『ユキに僕の星を見て欲しい』

転校するまでに、北極星……、描き上げたいって……。

「……くっ……、……」
痛みのせいか、コウの額から汗が流れ落ちた。

私の、せいだ……。

「救急車来たぞ！　ユキ、お前付き添いできるか？」
「…………あ」
「しっかりしろ！　お前は病院の娘なんだろ⁉」
「う、うん」
「俺が代わりに行くよ！」
「バカッ！　キョースケはバイト戻れっ！　んで俺はどっか行ったって店長に言っとけ！　クビになってもいいから！」
ハルくんは救急隊員の人に話しかけると、私とコウに付き添ってくれた。
「一条病院でいいんだよな？」
「……え」
「行き先っ！」
「う、うん！　うちの病院でお願い……」
「すみません、一条病院でお願いします」
うろたえる私の代わりにテキパキと行動するハルくん。

「……コウ……」
「……、……う……」
冷や汗を流しながら痛みに震えているコウを、ただ見ているしかできなかった。

■消えた星と空虚■

「先生っ！　コウは……」
「今レントゲンを撮ってる」
「あの……治るんでしょうか。……コウは、私と同じ美術部ですごく絵が上手《うま》くて……だから……」
「ユキちゃん、落ち着きなさい」
「……、……」
「春川くん、なにがあったのか説明できる？」
「はい」
病院に着いたら、連絡がいっていたのか直《す》ぐに安達先生が診《み》てくれた。
「喧嘩に巻き込まれたんです」
「喧嘩⁉」
「……はい」
「わ、私を庇《かば》ったから……私のせいなんです……！」
「………………」
安達先生は難しそうな顔をすると、看護師さんに何か指示を出した。
「……羽柴くんの怪我、かなりひどいよ。ジャケットに靴跡がついてたから……喧嘩か。なるほど。同じ場所を何度も蹴られたみたいだね」
「ッ！」
「詳しいことはレントゲンを見ないと分からないけれど……とりあえず、警察と彼の親御さんに連絡しないとね」
「警察、ですか……」
「当たり前じゃないか。傷害事件だよ」

ハルくんは複雑そうな表情をすると、溜《た》め息《いき》をついた。
「そう、ですね……ユキ、コウの家の電話番号分かるか？」
「家に帰って部活の連絡網見たら分かると思う……」

「……その、必要はない」
いつの間にか、私達の後ろにコウが立っていた。
「ちょっと！　あなた、勝手に動かないで下さい！」
廊下から看護師さんが追いかけてくる。
「喧嘩なんて……ありません。……この怪我は、僕が自分で転んで…………、ッツ……っ！」
「あなた！　早くあちらへ戻って‼」
「警察には連絡しなくていいっ‼　しても僕は今と同じことしか言わないっ！　……ッ‼」
痛みのせいで真っ青になりながら、コウが激しい口調で叫ぶ。

「コウッ！」
「……分かった。今は連絡しないから、落ち着きなさい」
「……絶対、……ですよ…………」
肩で息をしながら、コウはぐったりとベッドへ倒れ込んだ。
「先生……ちょっと」
別の看護師さんに連れられて、コウと安達先生が出て行った。

「……コウ……」
心臓が痛い。
地面がぐにゃぐにゃする。悪夢の中にいるみたい。
「俺、ちょっと電話してくる」
「……ハル、くん……」

「詳しいこと、聞いてくる。警察呼ばねえつもりらしいけど、そんなワケにはいかないだろ。絶対にアイツらに謝らせる」
怖い顔をして、ハルくんが出て行ってしまった。

誰もいない待合室は、なんだか広くて……。
消し終わったテレビと無人の椅子達が並ぶ光景が、嫌な夢の世界を見てるようだった。

どのくらい時間が経っただろう。
突然、安達先生に声をかけられた。
「ユキちゃん」
「は、はい！」
「今から手術するから」
「……え？」
「親御さんも直ぐに来るそうだ。3日くらい入院することになると思う」
手術？　入院？
「……コウ……羽柴くんの怪我は、どうだったんですか⁉」

「複雑骨折」

先生の言葉《ことば》を聞いて、目眩がした。
「な、治るんですか……？」
「……骨片が、やっかいな神経に触っているかもしれない。けれど、腕が動かなくなることはないさ。大丈夫、リハビリで日常生活に支障はない程度に回復できるよ」

「それじゃダメなんですっ‼」

言葉みたいな悲鳴を、私は絶叫した。

私を庇ってくれた。守ってくれた。
きつく抱いていてくれた。ぎゅっと、身じろぎもせず……。
私なんて、見捨ててくれたらよかったのに。
コウの腕と引き換えになる価値なんて、私にはないよ！

「せ、先生……！　先生ぇっ！　絵とか、細かい作業とか、できるようになりますかっ⁉」
「……それは」
「いやっ！　お願いです！　コウを、元通りの腕に治してあげて下さいっ！」
「………………」
「なんで返事をしてくれないんですかっ！」
泣き喚く私から、安達先生は視線を逸らした。

「いやだあああああっ‼　うわあああぁぁあんっっ‼」
泣き崩れる私に、きつく抱いてくれた腕はもうない。
コウも、私と同じ言葉を聞いたんだろうか。
私の叫びを、今どこかで聞いているのだろうか。
だとしたら、なんて残酷《ざんこく》なんだろう。
医者から出る言葉ほど、安心して……絶望するものはない。
だって、お医者さんが言ってるんだもん。

「……断言できないけど、神経によっては指先に痺《しび》れが残るかもしれない」
って。

「ユキ」
リノリウムの床に手をついて泣きじゃくる私を、ハルくんが起こしてくれた。
「ごめん。誰とも連絡つかねえ。アイツらバックレやがった」
「………………」
「とりあえず、キョースケだけ来るって」
私はハルくんの言葉をぼんやりと聞いていた。
水中で音を聞くみたいな感覚。
なにか言ってるんだろうけど、意味が理解できない。

「ユキ!!」
「……ハルくん……コウは……もう、絵が……ダメ、かもしれない……」
「そんなん分かんねえだろ⁉　可能性がゼロって言われたワケじゃねえんだろ⁉」
「……でも！」
「可能性ゼロって医者から言われた俺よりは全然いい。大丈夫だ。希望を持て」
至近距離で見たハルくんの瞳《ひとみ》には、星はきらめいていなかったけど。
その代わり、違う光が見えた。
私はコウのことで精一杯で、ハルくんになにがあったのかは考えてあげることはできなかったけど。
なんとなく感じることはできた。
ハルくんも、コウみたいに星を持っていて……失ってしまったことを。
そして、違うきらめきを手に入れたことを。
「ハルく……」
「アイツなら大丈夫だ。喋ったことねーけど、見ててすげえ根性あると思う」
「でも、ダメなの！　コウは直ぐに仕上げなきゃならない絵があって……」
「………………」
「ハルくん、ハルくん……」
「……ごめん」
「……ハルく……」
「俺の友達が、ごめん……」
どうしてハルくんが謝るの？　悪いのは、全部私だよ……。

ハルくんと二人。待合室で、じっとしていた。
非常灯しかついていない暗がりの中、なんにも話さないで黙っている私に、ハルくんがポツリと呟《つぶや》いた。
「……俺、なんて言うかさ。自分はいいんだけど、自分以外の人間が……こういう状況になると、ダメだ」
「………………」
「上手い言葉出てこなくて、ごめん」
「…………」
「……アイツ……コウだっけ？　喧嘩慣れしてないみたいだから……本当に、お前を守ることしか考えてなかったんだと思う。

普通は、同じ場所に攻撃食らったら、反撃するか体勢変えたりするけど……一番、お前が安全でいられるように守ってくれたんだと思う……」
「……、…………」
「アイツ頭いいよ。手ぇ出したら不利になるし、お前も巻き込む可能性だってあるから。そこまで考えての行動だったはずだ」
「私なんて……そこまでしてもらう価値は……」
「なあ。もうやめようぜ、その『私なんて』ってヤツ」
「……え……」
「俺は別にお前を責めたくて、こんなこと話したんじゃない。誰かにそこまで守ってやりたいって思わせるくらい、お前には価値があるって言ってんだよ」
ハルくんの形のいい眉がひそめられる。
「……ないよ」
「ある。少なくとも、コウはお前を守りたいって思った。俺も、守ってやりたいヤツがいるから分かる」

守って、やりたい……。

「ハルくん……コウ……大丈夫かなあ……」
「大丈夫だ。誰かを守ってやれるくらい、強い人間は大丈夫」
誰かを守れる人間は、強い……？
ハルくんを縋《すが》るように見つめた。
その瞳から、強い意志を感じる。
「そこまでアイツを心配するなら、今度はお前が守ってやれ」
「……私が？」

「腕、元に戻してやりたいんだろ？」
「……うん」
「絵、描いて欲しいんだろ？」
「うん……うん……」
「なら、守ってやれ。支えてやれ」

コウにどう償《つぐな》っていいか分からない私に、ハルくんは光を分けてくれた。
なんにもできない自分に、何をすべきか教えてくれた。

「ハルッ！　……ユキちゃんっ!!」
その時、待合室にキョースケくんが飛び込んできた。
「遅くなってごめんっ！」
「キョースケ、アイツらは？」
「……携帯にも、家にも片っ端から連絡したけど全然ダメだった。多分、全員一緒にいるんだと思う」
キョースケくんの額から、玉のような汗が流れた。
「アイツらのことだ。由香からパチこかれて正義の味方ぶってやったんだろ？　今更出てこれないんだろうよ」
俯《うつむ》いてしまったキョースケくんに、ハルくんは薄く笑った。
「ユキちゃん……彼は？」
「今、手術中なの……腕を……」
「………………」
キョースケくんが辛《つら》そうに顔を歪《ゆが》めた。
「……ごめん」
「………………」
「俺のせいだ。俺が、しっかり由香と友達に注意してたら…

…」
「キョースケくんのせいじゃないよ。私が……由香と約束したのに、コンビニに行ったから」
「約束……？」
「……あ」
「ユキちゃん、由香とどんな約束をしたの？」
険しくなるキョースケくんの表情に、しまったと思った。
「大方、二度とコンビニ来るなって脅されたんだろーよ」
「それ、本当⁉」
私は、力なくコクリと頷《うなず》いた。
「なんで、言ってくれなかったの！」
「………………」
「二度と来て欲しくないなんて思ってないよっ‼」
「……ごめ……なさ……」
「ユキちゃんが来てくれたら、嬉《うれ》しいし楽しいよ……なのに、どうして……」
「キョースケ。お前バカじゃねーの」
「なっ！」
「少しはユキの気持ち考えてやれ」
ハルくんに睨《にら》まれて、唇を噛むキョースケくん。

「……謝ってすむ問題じゃないと思ってる。当たり前だけど。これは……俺と由香の責任だ」
「だそうだ、由香」
「え？」
「由香、そこにいんだろ？　出てこいよ」
ハルくんは視線を遠くに向けた。

いつからいたのか、物影から由香がおずおずと出てきた。
その姿は、まるで叱られる前の子供のよう。
か弱くて、いたいけな女の子。

守ってあげたくなるような……キョースケくんの大事な……。

「……由香」
キョースケくんが落ち着いた声で、由香をこちらへ呼んだ。
「キョーちゃん……」
由香がキョースケくんのもとへ走ってくる。
「……由香……違うの。まさか、こんなことになるなんて思わなかったのお！」
「…………」
「確かにみんなに言ったよ？　もうキョーちゃんに近づかないように言ってやってって……でも、手を出せなんて言ってないから！　本当なんだから……信じて……！」
ポロポロと泣きながら抱きつこうとした由香の頬《ほお》を、キョースケくんはパンと打った。
「由香……俺は君が好きだけど。世の中には、やっていいこと悪いことかある」
「……キョーちゃ……」
「今のお前は最低だ」
「……な、んで……由香、悪くないよ！　好きだから、キョーちゃんが好きだから。好きすぎて不安になっちゃうんだよっ！　どおして分かってくれないのおっ！」
それでも縋りつく由香を、キョースケくんは振り払った。

「……由香。しばらく、離れよう」
「え……」
由香の目から涙がじわりと溢《あふ》れる。
「ごめん……俺、お前とどうすればいいか、お前とどう接していいか……頭の中がぐちゃぐちゃで分からなくなってきた」
「なにそれ。どうゆう意味？　由香分かんないっ！　分かんないよっ‼」
「俺には由香が分からない」
無理矢理抱きついた由香を、キョースケくんはもう……いつもみたいに抱き返すことはなかった。
「由香。この状況を分かってるのか⁉」
「分かってるよ！　みんなで由香を悪者にして、キョーちゃんと由香を別れさせようとしてるんだよねっ⁉　キョーちゃんは騙されてるんだよっ！　分かってないのはキョーちゃんだよぉっ‼」
「お前は……人に大怪我を負わせたんだぞ⁉」
「だから何？　悪いのはそっちじゃんっ。ストーカーして、男呼んで助けてもらって……勝手にそっちが邪魔してきたのに、由香のせいにされるなんて、たまったもんじゃないよっ！」
静まり返った待合室に金切《かなき》り声が響き渡る。
「由香、もういいっ！　キョーちゃんなんて嫌いっ‼」
「………………」
走り出した由香を止めないキョースケくん。
「キョースケ」
「…………」
「いいのか？　追いかけなくて」
「……ああ」

キョースケくんは待合室の椅子に座り込んだ。
「……手術……いつ頃終わるの？」
「……分からない」
「そっか」

気まずい空気が流れた時、ふと後ろに誰かの気配を感じた。
安達先生かと思って振り返れば、そこには由香がいた。
「キョーちゃん……なんで追いかけてこないの？」
「………………」
「いつもなら直《す》ぐに追いかけてきてくれるよね？」
肩で息をして、目に涙をいっぱいためている由香。
「どおして……由香のこと、嫌いになっちゃった？」
抱きついてくる由香に、キョースケくんは何もしなかった。
「……キョーちゃんっ！　ごめんなさいっ!!　由香、ホントは悪いことしたって分かってるのっ！　だから……」
「なら、俺じゃなくてユキちゃんと……コウくんに謝って」
由香が私を見る。
真っ赤に腫《は》れた目が痛々しい。
「……謝ったら、キョーちゃんは許してくれるの？　なら、謝るけど……」
「……っ！」
キョースケくんの表情が怖いくらい怒りに満ちる。
「……いい加減にしろっ!!」
「！」
由香の大きな目が、更に大きく見開かれた。
「俺が嫌いになったとか、怒ってるとか。そんなの関係ないだろ！　じゃあ、なんのために謝るの⁉」
「……それは……」
「ユキちゃんやコウくんに何をしたか分かってるのか⁉」
下唇を噛んで俯く由香。
「怪我させたから？　なら、由香のせいじゃないよ！　由香、手出さないでって言ったよっ！　手を出したのは銀達で……」
キョースケくんは由香に背を向けると、そのまま歩き出した。
「キョースケ？」
「ごめん。また改めて謝りに来るよ……俺がいると逆に迷惑《めいわく》になりそうだから」
「キョーちゃんっ⁉」
由香の声に、もうキョースケくんは振り向かない。
「待って、キョーちゃんっ！　待ってよぉ！」
「………………」
「キョーちゃ……」
「やめろ」
去っていくキョースケくんをなおも追いかける由香の腕をハルくんが掴《つか》んだ。
「っ！　離してよっ！　キョーちゃんっ‼」
「一人にさせてやれよ！　なんで分かってやれないんだよ！」
「分っかんないよぉっ！」
ボロボロと由香が泣き出した。
「由香、悪いことしてないっ！　謝る意味もホントは分かんないっ！　なんで由香が謝らなきゃダメッ⁉　一番悪いのはソイツじゃんっ‼」
自由になる手で由香は私を指差した。

窓の外が夕焼け空でいっぱいになる。
反射してオレンジ色になった硝子を叩き壊《こわ》したい衝動に駆られた。

私が、壊した。
２人の仲を壊した。壊してしまった……！

「……ごめんなさい」
「そうだよっ！　コイツ謝ってんじゃんっ！　悪いのは全部全部コイツだよっ‼」

私がキョースケくんを好きにならなかったら２人はこんなことにならなかった？
コウの腕は折れなかった……？

ごめんなさい。
だって叫びたかった。
この「好き」って初めて私の中で生まれた気持ちを、思い切り叫びたかった。
「好き」って言葉《ことば》は簡単な二文字。
だけど私は「好き」って言ってみたものの、二文字だけで伝えたけれど。
それだけで私の気持ちを表現することはできなかった。

初めて好きになったからとか。
不器用だからだとか、そんな理由で許してもらえない現状。

「……ごめんなさい。キョースケくんを好きになって、ごめんなさい」
「やめてっ！」
「好きなの……キョースケくんが好き……」
「だから、やめてって！　キョーちゃんを好きにならないでっ！　やめてっ！」

この気持ちは、どうしようもない。
「好き」は単純で複雑で……厄介《やっかい》だ。
私は自分でも自分が信じられない。
「好き」は私を弱くさせ、強くする。
私が私じゃなくなっていく。
……以前の私なら、泣いている由香にこんなひどいこと言えなかったよ。

「やだっ！　あんたがもしキョーちゃんと付き合うことになったら、絶対に許さないっ‼」

ドンッ！
って、由香は私を叩いたけど。私はもう転ばない。

ごめんね。
その感情、受け入れるよ。
怒って悲しんで不安になって当然のことを私は由香にしている。

好きでした。
じゃなくて、好きなんです。

夕暮れのオレンジ色の中、去っていった背中さえ好きで、どうしようもない。
あの背中すら好き。
あのひとが好き。

「好き……」
「いやぁっ！」
「……ごめんなさい。嘘《うそ》は……つけない」
「……ううっ……諦《あきら》めて……お願いだから……諦めてよぉ」

ここまで育ってしまった感情を手放すことができる？
切《せつ》ないくらい大好きな気持ちを殺せばいい？

「あのひとが……好き。大好き」

一番、由香を切り刻む言葉を私は振りかざす。
どんな暴力よりも、酷《ひど》い言葉。
殴られても爪を立てられても引き下がらない。
引き下がれない。
だって私は、キョースケくんが好きだから。

「や、やめろ由香！　ユキ、こっち来いっ！」
「ハルくん……」
「こんな一方的にやられてんなよっ！　反撃しろよっ！」
「…………」
反撃なら、してるよ。
泣きじゃくって私の足元にいる由香。

私は、いつの間にかこんなにも彼女を脅かす存在になっている。
前にハルくんは、好きでいることは罪じゃないって言ったけど。

これは、罪だ。

だって、こんなにも彼女を傷つけている。
誰も裁けない。
法律的に罪じゃない。
だけど、「好き」って、なんて罪深いのかな？

こんな状況でも好きだと言い張る自分のワガママさに驚く。
由香に怒っていたあのひとの顔も好きだなんて。
多分どんな表情をしても全部好き。
それが、同じひとを好きな由香には隠せないんだ。私の「好き」がどんなに大きいものか、知っているんだ。

しゃがみ込んで、わんわん泣く由香の向こう。

手術が終わったのか、廊下に誰かのシルエットが長くのびた。

■君のいない夢を見た■

右腕を折ったあの日から、コウは部活に顔を出さなくなった。
白いギプスが目に痛い。
三角巾で吊《つ》るされたギプスは、黒い制服に目立ちすぎた。

「羽柴、腕折ったんだって？」

休み時間。
聞こえてくる噂話《うわさばなし》。

そうだよ。
私のせいだよ。

「複雑骨折だってさ」
「マジ？　絵、描けるの？」
「さあ」

……描けるよ。
私が、コウのためになんでもするから。
絶対に描けるように、私がコウの腕を治す。
風切羽《かざきりばね》を断たれた鳥のような姿。

大丈夫。生涯かけて、元通りの腕にするから。
思い通り、また同じ絵を描けるようにするから。

だから、私は美術部をやめた。

お医者さんになるために、本格的に勉強に打ち込むんだ。

ママに頼んで、お弁当はサンドイッチかおにぎりにしてもらうようにした。
行儀が悪いけど、食べながら参考書を見ることができるからだ。
昼休み、人気のない渡り廊下の隅にあるベンチでサンドイッチを食べながら勉強する。
古文、数式、英文法……お医者さんになるには覚えなくちゃいけないことがたくさんある。
１日24時間じゃ足りない。寝る暇も惜しい。
私は責任を取らなければいけない。

……スーパーカリフラジリスティックエクスピアリドーシャス。
意味は

『すごく綺麗《きれい》で繊細《せんさい》で教育的な償《つぐな》うこと』

……私は……償わなければならない。

「ユキ」
参考書に夢中になっていたら、突然、名前を呼ばれた。
「コウ……」
相変わらず整った顔は作り物めいていて、コウが何を考えているか分からない。
前はなんとなく分かったのに、今はサッパリ分からない。

「ユキ。美術部辞めたの？」
「………………」
「なんで辞めたの？」

コウとは、私が謝るだけで会話が成立しないでいた。
謝るしか、私には思いつかない。
許されるなら、世界から私という存在が消えてしまえばいいと願う。

だけど、私は責任を取らなくてはいけない。
……償わなければならない。

「ユキ。絵、描こうよ」
コウの瞳《ひとみ》には、まだ星がきらめいていた。
「描けないよ……」

私の腕をコウにあげたい。
そしたらコウの腕が元に戻るなら、喜んで差し出そう。

「なんで。描こうよ」
「無理だよ。それより、勉強しなきゃ」
「……怖い顔」
「え？」
「ユキ、怖い顔してる」
……怖い顔？
私、どんな表情しているのかな？

「星が見えない」
「？」
「ユキの星が、見えなくなった」
コウが私の顔を覗《のぞ》き込んできた。
まるで、あの時キスされたような至近距離。

「これじゃ、描けない」
「………………」
「ユキは星をなくした？」
淋しそうな表情で、コウが私を見つめる。

「私、元々なかったよ。星なんて持ってなかったよ」
「あった」
「……ないよ」

私に星なんてない。
コウみたいに描けない。

「だから、もう描かないの」
なんで？
「……ユキ」
どうして？
診断結果を聞かされた時、無表情だったのに。
どうして、そんな泣きそうな顔をするの？

「……それより、リハビリはどう？」
「…………」

「転校先に、すごい病院をママが探してくれたから紹介状を渡すね」
「………………」
コウは返事をしなかった。
「ユキが星をなくしたなら、僕は一生描けなくていい」
「え？」
「つまらない」
コウが私に背を向ける。

「ダメだよ！　コウは絵を描きたいんでしょ？」
「最初はね。そうだった」
「なら、絶対に元通りに治そう！　私、頑張るから‼」
「………………」
振り返ったコウは私をじっと見つめると、溜《た》め息《いき》をついた。
「もういいよ」
「コウ？」

「ユキが描かないなら、もういい」

そう呟《つぶや》くと、コウは包帯をほどいた。
真っ白な包帯が風に飛ばされていく。

「な、何やってるの⁉　ギプスも取れてないのにっ！」
「いらないから」
「なにが⁉」
「ユキが描けないのが僕のせいなら、もういらない」
いらないって、なにが……？

「いらないって……腕？」
「………………」
コウが黙って頷《うなず》いた。

「ずっと言っている。ユキのせいじゃない。こんな怪我たいしたことない。僕は大丈夫」
「でも……」
前みたいに絵が描けないかもしれないって言葉《ことば》が残酷すぎて、口に出せない。

「北極星は……どうなるの？」
「今は描けない」
「あと少しで、転校、するんだよね」
「うん」
なんでもないことみたいに言わないで欲しい。
あんなに楽しそうに描きたいって言ってたじゃない。
放課後、あの部屋で。

「……コウ。お願い……」

描いて、
治して、
頑張って、

怪我の原因である私が一番口にしてはならない言葉が出そうになる。

「私、……コウの絵を描いてる姿が好きなの」
コウの長い前髪が風に揺れる。
その切れ長の二重が、大きく見開いた気がした。

「僕もだ」
「え……？」
「僕も。ユキが絵を描いてる姿が好きだ」

私の描いてる姿が？
絵の具を出しすぎたり、思い通りの色が作れなくて悪戦苦闘ばかりしている私の姿が？

私、その目を知っている。
その眼差しを知っているよ。
毎朝、鏡で見ているから。
朝起きて、哀《かな》しくなって、顔を洗った時にずぶ濡れになった私の瞳と似ているね。

あの人が好き。
会いたい。
喋りたい。
笑ってる顔が見たい。
こんなことなら眠っていた方がマシだった。
どうして人間は眠って、起きなくちゃならないんだろう。
現実は辛《つら》すぎて、受け止められなくて苦しいよ。
あの人が好きで苦しい。

コウ。
コウは、苦しい……？
私ね。
キスされた時から、ホントはコウの気持ち分かってた。
私はズルイ。
ズルイズルイ私は、コウの気持ちを知りながら無視をする。
コウの絵を描いている姿を見るのが好きなのは本当。
でも、

「……ごめんね」

胸がきゅうっとなって、あの人の笑顔を思い出すだけで簡単に涙が出そうになる好きとは違う。
コウといると、楽しくて気持ちがポカポカするの。
どっちも初めての感情で、私は戸惑《とまど》ってばかり。

『……諦《あきら》めて……お願いだから……諦めてよぉ……』

由香の言葉が頭に反響する。

私だって好きよ。
あなたに負けないくらい、あの人が好き。

「また、それ」
私からコウが視線を外す。
「会話不能だね」
「……ごめんなさい」

「まるで記号みたいだ」
「…………」
「ユキ。僕は待ってる。あの部屋で、最後までずっと待ってる」
「………………」

「じゃあね」
またね、と同じくらい軽い言葉のさよなら。

ねえ、コウ。
どうして私なの？
何の取り柄もない私に、どうして……？
知りたかったけれど、聞いたらなにもかも終わる気がして。
小さくなっていくコウの背中を黙って見つめた。

それは……完成したキャンバスの絵の具を、パレットナイフでメリメリと剥《は》がすような感覚に似ていた。

□ □ □

「……ユキ？」
「美咲ちゃん⁉」
塾の玄関で、久しぶりに美咲ちゃんに会った。
あれから塾のコースを無理して上げたから美咲ちゃんと疎遠《そえん》になっていた。
「どうしたの？」
私を前にして、俯《うつむ》いてしまった美咲ちゃん。

「……ごめん」
「なにが？」
「ユキ、東校の男子に囲まれたでしょ」

ごくりと、喉《のど》が動く。
なんで美咲ちゃんが知ってるの……？

「あの中にね……私の彼氏がいたの」
……美咲ちゃんの、彼氏？
思い出すのは罵声《ばせい》としゃがみ込んだ時見えた彼等の足。

怖い。
嫌だ。
助けて。

あの時の感情が甦ってきて泣きそうになる。

そして、私を守ってくれた……コウの腕。

「……ユキと一緒にいた男子、腕折られたんだって？」
「！」
心臓がドクリと跳ね上がる。
言葉にされると、さっき起きた出来事のように感じてしまう。
「………………」
黙って頷く私に、美咲ちゃんの表情が曇った。
「やっぱり、キョースケの言ってたことは本当だったんだ」
「キョースケ、くん……？」

美咲ちゃんの口から出た彼の名前に、思わず反応してしまう。
「銀が……あ、彼氏がね。何聞いても話してくれないからキョースケに直接聞いたの。ハルも、あれからめちゃめちゃ機嫌悪いし……」
みんなが素通りしている中、私達だけが立ち止まっている。

「あのさ……」
美咲ちゃんが思いつめたように私を見た。
「銀達のこと、警察に言った？」
「……え」
「ほら、怪我させたから……そっちは無抵抗だったらしいし……警察に言われたらイロイロ、さ」
美咲ちゃんが何を言っているのか理解できなくて困惑《こんわく》する。

『喧嘩なんて……ありません。……この怪我は、僕が自分で転んで……』

真っ青な顔をして、額に汗を滲《にじ》ませながら叫んでた。

『警察には連絡しなくていいっ!!　しても僕は今と同じことしか言わないっ！』

本当は喋ることさえできないくらい痛いのに、必死になって。

「ねえ。その人、警察に連絡しそう？」
「………………」
「彼氏、けっこうやらかしてるから次なんかあったら退学になるかもしれないの」
「……そう、なんだ」
美咲ちゃんの顔が、見れない。
「ごめん。ユキから彼に警察には言わないでってお願いできないかな？」
ピシリ、と。
何かが私の中でヒビが入った。
美咲ちゃんは……弁護士になりたいんじゃなかったの？
「ごめんね。でも、骨折くらいでよかったね。いつもの銀達なら、もっと派手にしちゃうから」
弁護士って、悪い人からいい人を守るお仕事じゃないの？
「ユキと私、友達だよね。友達なら、私の気持ち分かってくれるよね？」

分からない。
美咲ちゃんの今の発言で分からなくなったよ。
友達って、なに？
なぜか、コウと過ごしたあの部屋みたいにぽかぽかして楽しいものを想像した。
友達……。
それとも、恋ってそこまで誰かのために必死になれるものなの？
……由香みたいに。

「警察には言ってないし……これからも言わないと思うよ」
「ホント⁉」
「……うん。警察沙汰にはしたくないって、本人が……」

「だよねだよね。流石《さすが》、西校！　喧嘩に巻き込まれたのバレたら内申に響くからね～！」
「………………」
コウは、そんな気持ちで通報しなかったんじゃないよ。

……コウは……

『なんで警察に言わないの？』
『ユキが哀しむから』
『私が？』
『好きなんだろ』
『……え？』
『僕なら、好きな子がそうなったら哀しい』
『…………』
『だから言わない』

手術が終わった後、二人きり。
絵の具の匂《にお》いの代わりに消毒液の匂いがする、何も描かれてない真っ白な病室で、コウはそう言った。

「ありがとう、ユキ」
「………………」
「あー、よかったぁ。安心したぁ！　あ、銀達にはいずれ謝らせに行かせるから！」
「……ょ」
「ん？」
晴れ晴れとした美咲ちゃんの笑顔に嫌悪感を覚えた。

どうして笑っていられるの？
コウが、辛い思いをしてるのに。
彼氏さえよければいいの？
恋愛ってそうなの？

……友達って、そんなものなの⁉

「……来なくて、いいよ‼」
「っ！」
私の大声に皆が振り返る。
美咲ちゃんがビックリしている。
「……そ、そう。なら、行かない」

私は美咲ちゃんに背を向け、黙ったまま彼女とは違う部屋に入った。

■友達■

放課後、校門を抜けると見覚えのある制服の女子を見つけた。

「本当に、もう口を聞かないの？」
「当ったり前じゃんっ！　どう考えてもおかしいっしょ！」
「それは……うん」
「ユウナも怒ってたじゃん！」
「……だって、その女の子の気持ち……なんとなく分かるもん」
「ね？　由香には、これくらいがちょうどいいんだよ。あの子、彼氏のことになると頭おかしくなるよねぇ」
「……好き、だから……」
「……好き、ねえ」
「………………」
「まあ、ここまで送ってあげたんだからいいしょ」
「送ってあげたって、黙ってついて来ただけじゃない」
「由香が本当に西校行くか確かめるためだし！」
「……千佳《ちか》、やっぱり由香が心配なんだね」
「そんなことないし！　あんなヒドイ奴もう友達じゃないし‼　ほら、由香にバレないうちに帰るよ！」
「あはは……」
なにを話しているかは分からないけど、可愛《かわい》らしい彼女達は蝶みたいにフワリとスカートを翻し街角に消えた。

確か、あの制服は……。
英単語や世界史の年表でいっぱいになった頭で、ぼんやり考える。
その時、誰かに肩を叩かれた。
ゆっくりと振り向いた私の目の前には……

「……由香……」

私から目線を逸らし、怒ったように俯いている由香がいた。

頭がついていかない。
どうして、由香がここにいるの……？
ぞわり、と。
あの時、囲まれた恐怖が足元から這い上がってきた。

「…………、……」
なにか、なにか言わないと。
思考とは裏腹に、私の喉《のど》はひどく乾いてなにも声を出せないでいた。
足も、地面に根がはったように動けない。

「…………クレンジング」
「……え……」
「……クレンジング、返してもらいにきた」
小さな声で、由香がポツリと呟《つぶや》いた。
「え、あ、……その……」
「……クレンジングだよ。忘れたの？」
「…………」
私は首を横に振った。

「……忘れて、ないよ……ただ、今は持ってないだけで……」
「………………」
そう答えるのがやっとの私に、由香は初めて視線を合わせた。
でもその瞳《ひとみ》は、私が知ってる恐ろしいものじゃなく。
今にも泣き出してしまいそうな、幼い女の子のようだった。
「……あ……」
「……ないなら、いいよ」
「………………」
「……クレンジング。返さなくて、いいから」
「え……？」

「それと……ごめん……」
由香の長い髪が、ふわりと揺れる。
シャンプーの甘い香りがした瞬間、由香が頭を下げた。
「あ……えと……」
「……コウ、……にも……謝るから……」
立ち尽くす私の前で、由香はひたすら頭を下げ続けた。

ずっと頭を下げている由香。
どうしていいか分からなくて、戸惑《とまど》う私。
そしたら、コンクリートの地面に雫がポトンと落ちた。
後から後から落ちる雫たち。
ふと空を見上げれば、雨が降ってきたようで。
私は……。

「……雨、降ってきたみたいだね」
「…………ん」

「このままだと、濡れちゃうから」
本当は雨なんて降ってないかもしれない。
だけど、空は雨模様。
私は心の中で、えい！　と

『スーパーカリフラジリスティックエクスピアリドーシャス！』

と、唱えると。
通学鞄《かばん》から水玉の折りたたみ傘を出して、ポンと開いた。

私には雨が降ってないけれど、由香には雨が降っているから。

由香に傘をさした。
促されるままに傘に入る由香はちっさくて、全てが隠れるような気がした。

「…………た」
「え？」
「……みんな、いなくなっちゃった」
か細い由香の声をかき消すように、激しい雨が降ってきた。

「……仲間も、親友も……キョーちゃんも……」
「…………」
「みんなみんな、……いなくなっちゃった……！」
語尾が切《せつ》なく掠れた。
ざあああと降る雨音は、世界をみんな海の中にしてしまう。

激しい雨音と由香の声が一緒になって、消えてしまう。
傘をさしてない私だけに冷たい雨が降り注ぐ。
私だけ、びしょ濡れになる。
傘をさしているのに雨が降る由香と、しばらくの間、途方に暮れた。

□ □ □

ママは講演会に出席して、今日はいない。
パパは相変わらず仕事で病院にいる。
行く場所がなかった私は、由香を自分の家へ招いた。

応接間に由香を通す。
皮のソファーに座った由香は、所在なげに辺りを見渡していた。
「……すごいね」
「え？」
「この家。やっぱり、お金持ちなんだね」
「………………」
「あの絵とか……」
「ああ。あれはママの趣味なの」
応接間には壁一面、２メートルある絵がたくさん飾られていた。
「……これ、なんて絵？　花が綺麗《きれい》」
「日本画だよ」
月と白梅が描かれた巨大な日本画を、由香が指差した。
「……日本画？」
「うん」
「油絵しか、知らない。……綺麗だね」

「私は、……小さい頃から日本画ばかり見てたから……美術部でも、あ。私、美術部にいたんだ。そこで、油絵にも挑戦したんだけど、なんか違うなって」
「………………」
「油絵は油絵で素敵《すてき》だけど日本画も綺麗だよ。あのね、その絵ね、顔料に宝石が使ってあるの。細かく砕いて色を作るの」
「……へえ」
「岩絵の具って言うの。すごい人は自分だけの色を作るために、材料を自然の中に取りに行ったり……」
「…………」
「……あ……」
私を見つめる由香の視線にハッとする。
しまった。
日本画の話題に夢中になりすぎてしまった。
「わ、私……お茶いれてくるね！」
応接室に由香を残し、キッチンへ向かった。

私、なにやってるんだろう。
お茶の用意をしながら、ぼんやり考える。

キョースケくんの彼女の由香。
私を嫌いと言った由香。
……西校まで謝りに来た由香。
あの由香が、私の家にいる。
なんだか信じられない。

カチャカチャとティーセットを鳴らしながら、応接間に戻る。

ドアを開けると、あの花の絵の下に由香が立っていた。
銀箔が使われた月と白梅の絵が色白の由香にピッタリで、やっぱり可愛いなと思った。
カップにお茶を注いでいると、由香がテーブルに戻ってきた。
「いい香り……」
「よかった。飲んでみて。味も美味《おい》しいから」
「…………」
黙って由香がティーカップに口をつけた。
「美味しい……なんのお茶？」
「ハーブティーだよ。気持ちが落ち着くブレンドがしてあるの」
「ウソッ⁉　ハーブって、もっと臭くない？　芳香剤みたいな。由香、ラベンダーの匂いが特に嫌いなんだけど」
「そのハーブティーにラベンダー入ってるよ」
「マジッ？」
「うん。本物のハーブはいい香りだし、美味しいよ。芳香剤は合成のが多いから」
「………………」
由香は目を真ん丸にすると、再びハーブティーを飲んだ。
「ユキ、ハーブに詳しいんだ。由香の友達にはいないタイプ……っ、……」

ポロリ、と由香の目から涙が溢《あふ》れた。

「……う……ごめん。……友達……もう、いないんだった……あはは……」
「友達？」

「うん……うっ、ふえ……」
優しい香りのするハーブティーの中に、由香の涙が落ちた。

「……私も……」
手の中のハーブティーは、どんどん冷えていく。
「私もね。友達、いないんだ」
「…………ッ……」
「……友達なんて……別にいなくても、いいと思うよ」
冷たくなったハーブティーを、私は一気に飲み干した。
「……そんなこと、ない」
「………………」
「キョーちゃんが会ってくれなくなって、友達に相談したら……由香が悪いって教えてくれたよ。だから、友達は大事だよ」
「…………、……」
「でも由香、バカだから……指摘されても、自分が正しいって言ったの……だって、好きなひとに由香以外の女が馴れ馴れしくするの、許せなかったから……」
「……由香が怒るのは、当然だよ」
「ううん。……由香が、悪い……」
ポロポロと零《こぼ》れる涙はティーカップから溢れてしまいそうだ。

「……キョーちゃんは、いつも由香に『信じろ』って言ってくれた。『信じてくれ』って。なのに、由香はキョーちゃんを信じられなかった。もしかしたら……ユキを好きになるんじゃないかって……不安で……、不安で……」
「…………」
「だけど、こんな由香のこと……キョーちゃんはずっと好きでいてくれた。好きって、いつも言ってくれた。……なのに、由香が、……うう……由香が信じなかったから、キョーちゃんは由香を嫌いになっちゃったぁ……」
長い睫毛《まつげ》が涙で濡れている。
白い頬《ほお》が泣きすぎて紅色に腫《は》れていた。
「……ユキ、ごめんね。怖い思いさせて、ごめ……な、さい……う、ひっく……」
「…………」
「謝るしか、できなくて……ごめ……」
どうして、こんな可愛い女の子の……大事な人を好きになってしまったんだろう。
彼女を泣かせているのは、間違いなく私だ。

もう一度ハーブティーを淹《い》れ直す。
今度は元気の出るフレーバーにした。
鼻を真っ赤にした由香は、ハーブティーを飲んで「美味しい」と、一言だけ呟いた。
そろそろ、ママが帰ってくる時刻だ。

「……コウにも、謝りに行くね」
「………………」
「……謝って、許されることじゃ、ないけど……」
「…………」
「絵……描いてたんだよね」
「……うん……」
「さっきみたいな、絵？」
あれより、すごいよ。

とは、言えなかった。
「……うん」
「……さっき見た絵、すごかった。由香、絵なんて興味なかったし。……でも、……でも、……あの絵見たら、分かった。……由香は、」

日が暮れる。
由香の表情が逆光で見えない。

「……由香は、サイテーなこと、したんだね」

□ □ □

次の日、由香はコウに謝りに西校に来た。
コウは
「気にしてない」
とだけ言うと、そのまま帰ってしまった。
後には、涙目の由香が残された。

「……許してなんかくれないって分かってるけど……優しくされると、辛《つら》いね」
「………………」
「……私だったら、もっと罵《ののし》ると思う。……お前なんか死んじゃえって思う」
「…………」
「……怒って、欲しかったって思っちゃうのは由香のワガママなのかなあ……」
コウは……、どう思ったんだろう。
私は由香に何も言えなかった。
会う度《たび》に、由香が小さく見える。
あんなに怖くて強い存在だと感じていたのに、か弱いただの女の子に見えた。

そんな由香を、ほっておけなくて……私は昨日のように家に呼んだ。
今度は私の部屋に。

「えと、ハーブティーでいいかな？」
「……ん」
由香に、ハーブティーを淹れる。
今日はスッキリした気分になれる、ミントをチョイスした。
「……美味しい」
両手でカップを持って、少しだけ笑った由香にホッとする。
私が今までハーブティーを淹れたのは、ママと由香だけだ。
「美味しい」って言われると、すごく嬉《うれ》しい気持ちになるのは変わらない。

「……この絵は？」
由香が壁に飾ってある絵を見つける。
「……あー。それ、私が描いたの。下手くそでしょ」

一年前くらい。
私は絵が上手《うま》いって勘違いしてた頃に描いた絵。

明け方の空の絵。
私は朝焼けのピンクと水色のグラデーションが大好きだから、好きな空だけを切り取った。

「本当は日本画を描きたかったんだけど、そんな簡単には描けないから水彩画なの。日本画の練習になるんだ」
「……ふうん」
「あんまり見ないで。下手くそだから、恥《は》ずかしい」
「……由香、この絵好きだな」
「……え……」
「透明感が好き。綺麗」
由香の大きな目が、私の目と合う。
「上手だよ、絵」

『ユキちゃんは絵が上手ね』

そう、ママが誉《ほ》めてくれたから。
ママだけが誉めてくれたから、この絵だけは捨てずに飾った。
額縁も買ってくれて、まるで賞を取った絵みたいに立派にしてくれた。
……美術部で、コウの才能に嫉妬《しっと》する前に描いた絵だ。

「……あ、ありがとう」
「どうして？」
「え？」
「どうして……こんなに絵が上手いのに、美術部辞めたの？」
「………………」

「絵、描くの好きそうなのに」
不思議そうな顔で、由香は私と絵を交互に見た。
「絵より……今はやらなきゃいけないことを見つけたから」
「やらなきゃいけないこと？」
「私は……一人娘だから、お医者さんになってパパの跡を継《つ》がないといけないの」
「そうなんだ。大変だね」
咄嗟《とっさ》に嘘《うそ》をついた。
医者になりたいのは、コウの力になりたいから。
でも、いずれは私がこの病院を継がなきゃいけないのは本当。
「……ユキは、すごいね」
「え、なんで？」
「由香、なんの取り柄もないから……絵も描けて頭いいユキが羨《うらや》ましい」
「………………」
「……由香ね、ユキに嫉妬ばっかしてたから」
あはははと、哀《かな》しそうに由香が笑う。
「私は、由香が羨ましいな」
「どおして？　由香、なんも羨ましいトコなんてないよ」
「オシャレだし、可愛《かわい》いし……今だって素敵な髪型してる」
「へ？　ただのポンパだよ！　少しアレンジ加えただけで」
「私にはできないよ。後ろから見ても、どうやって結ってるのか分からないし」
「これはぁ、上の髪を逆毛にして、下の髪を上げてピンで隠してるんだよぉ」
綺麗に纏《まと》めた髪を触りながら、由香がやり方を丁寧《ていねい》に教えてくれるけどサッパリ分からない。

「こんなの勉強より全然カンタンだよっ！」
「分かんない……」
「もお。由香がやってあげるから、ユキそこに座って！」
由香が私の髪を触る。
「ユキ。クシとワックスかジェル、それとスプレーにピン持ってる？」
「も、持ってない……」
「じゃ、由香の使うねっ！」
自分の鞄《かばん》から色々取り出す由香。
「すごい！　いつも持ってるの？」
「ヘアアイロンもあるよ。寝癖ついた時とか、帰り遊び行きたい時に便利なんだよお」
サッと私の髪をとかした由香は、手慣れたようにコンコルドで束ねた。
「逆毛しちゃうと髪痛むから、慣れたら持ち上げるだけでふんわり感が出るよ」
「由香、美容師さんみたい」
「こんなの、慣れだよ慣れ」
私の髪はいつもストレートだ。
巻いたことも纏めたこともない。
昔、ママが編み込みをしてくれたくらい。
「ユキはお嬢って感じだからオールよりハーフアップがいいと思うっ！」
何をされているか見えないけれど、髪を触られるって気持ちいいな。
「はい、できたぁ！　鏡見てっ！」
「…………」

恐る恐る鏡台の前に立つ。
「わあ……」
「可愛いっしょ」
「……私じゃないみたい」
「髪型とかメイクでかなり変わるからねー」
「……うん」
「似合ってるよ！」
鏡の中の私が照れくさそうに笑っている。
「ユキ、前にメイクで悩んでたよね」
「う、うん」
「よし。メイクもやっちゃおう」
「ええっ！」
ピンク色のポーチをいつの間にか持っていた由香は、中から色とりどりのメイク類を取り出した。
「メイクはいいよ……」
「なんで？　由香の貸すよ」
「私……由香みたいに肌白くないから。自分の肌に合ったファンデーション持ってない……」
「なあんだ」
なんでもないことのように由香が言った。
「ユキ、肌キレイだから無理してファンデつけることないよ」
「でも、お化粧ってファンデーションつけなきゃいけないんでしょ？」
「別に、肌キレイならいいんじゃない？　下地か日焼け止め塗って、パウダーはたけばいいよー」
「？」
「あー……とにかく、ユキは座ってればいいから」

由香の言われるまま、椅子にじっと座っていることにした。
「そおだなあ。肌に透明感が欲しいなら目の下の三角ゾーンのとこにハイライト入れたら？　これなら肌の色、気にしなくていーよ」
「……本当だ」
「あとねあとね。ユキ、前に見た時アイライナー上の方に描きすぎてたじゃない？　あれさ、睫毛の生え際を埋めるようにして描くんだよ」
「え、そこまで描くの？　なんか怖い」
「へーきへーき」
マスカラをして、グロスをつけてもらって……鏡の中の私が、私の知っている私じゃなくなる。
「でき上がり〜っ！」
「………………」
普段使っている鏡台に、私のようで私じゃない女の子が映っている。

目がぱっちりして、透き通るような肌をした女の子が。

「ここまでしたら、服装が気になるね〜」
由香は私を上から下まで観察した。
「その制服のスカート、もうちょい短くならない？　あとは……シャツかな。インしてるの出して」
「ダメだよ。校則違反になっちゃう」
「うーん。西校ってキビシーんだねえ」
難しそうな顔をした由香が、ポンと手を叩く。
「じゃあ私服！」

「……私服？」
「ユキ、ショーパン履《は》きなよ。足長いから絶対似合うっ！」
「む、無理無理っ！　私、足太いもんっ！」
「そうかなあ？　じゃあ、バナナヒール履きなよ。で、ショーパン。そしたら足細く見えるよ～」
「…………」
「信じてないでしょ？　なら、明日買い物行こうよ。試着しよ」
明日は塾の日だ。
……でも。
「うん。……行きたい」
私は変わりたかった。
由香は魔法使いみたいに私を変身させてくれる。
「行こう行こうっ！　由香、いい店知ってるんだあ」
「あ……お金……私、一万円しか持ってない」
「一万円もあるのっ⁉」
「洋服買うんだよね。足りなくない？」
「充分だよっ！　むしろ、その半額でお釣りくるし」
半額ってことは、五千円？
ママと洋服を買った時は、その十倍の値段だった気がするけど。
「もしかして、ユキってブランドばっか着てんじゃない？　似合えば安いのでも大丈夫だよ」
「……由香、本当にすごいね。色んなこと知ってる」
「だって、可愛くなりたいもんっ」
ニコニコと笑う由香は、やっぱり可愛かった。
「雑誌読んだり、お店行ったり、友達に教えてもらったり……」

友達と呟《つぶや》いた瞬間、急に由香が口を噤《つぐ》んだ。
「どうしたの？」
「……あのね。由香が、メイク担当だったの」
「………………」
「それで、ファッション担当が千佳で……」
知らない女の子の名前を、由香が呟く。
きっと、友達の名前なんだと思った。

「……友達……」
「……ん」
友達のことを考えているんだろう。由香の顔が暗くなる。
「……忘れた方がいいよ。もう友達じゃないんでしょう？」

「友達だよ」

「え？」
泣きそうな笑顔で、由香が答える。
「あっちはもう、由香のこと友達って思ってないかもしんないけど……由香は友達って思ってる」
「………………」
「きっとずっと思ってる。……だって友達だもん」
……友達？
相手が友達だと思ってないなら、そんなのは勝手な思い込みだ。

「……もう、帰るね」
「由香……」
「なに？」

呼び止めた由香の顔は、普段通りに戻っていた。……けど。
「今日は、ありがとう」
私がお礼を言うと、由香は……泣き笑いみたいな顔になって。

「ユキが由香なんかに『ありがとう』なんて言ったらダメだよぉ」

なんて言いながら。

目の縁に涙が光っていたのを、私は見逃さなかった。

■月と花■

次の日の放課後。
私は由香と一緒に買い物をした。
パウダールームで由香にヘアメイクをしてもらって、昨日と同じ状態にしてもらった。
由香に案内されるまま、いろんなお店に入って、いろんな服を着た。

「ほら、やっぱ似合うよ。ねっ！」
「う、うん……」
「生足が気になるなら、レギンスかトレンカ履《は》いたら？　可愛《かわい》い色もあるよ～」
次はこっちねと、由香が次の店へと促す。

似合うモノだけを購入した私達は、休憩《きゅうけい》することにした。
長い時間歩き回ったから疲れてしまった。

「えと……これ、どれでも選んでいいの？」
「いいよー。スイーツバイキングだもん。好きなのを好きなだけ食べていいんだよ」
「本当に？」
「うんっ！　ソフトクリームだってセルフで作っていいんだよ！　カップにさあ、ぐるぐる～って」
由香は山盛りのソフトクリームを作ってみせた。
「わあ……」

「あのさ、小さい頃さあ。ソフトクリームを店の人に作って貰うとき、もっと大きいのにしてって思った時ない？」
「ある！」
「それがいくらでもできちゃうって嬉《うれ》しくない？」
由香がニコニコ笑いながら、ソフトクリームを食べた。
ドキドキしながら私もソフトクリームを作る。
「わ、あ、あ……」
「あはは！　ユキ欲張りすぎっ。溢《あふ》れるよ～」
カップの中のソフトクリームはぐちゃぐちゃで、由香みたいにキレイな形にならなかった。
「由香、上手だね」
「これコツがいるんだよ。由香も最初は……」
急に、由香が俯《うつむ》いた。
「……最初はね、由香も下手くそだったんだ。でも、キョーちゃんが……」
「キョースケくんが？」
ハッと、由香が顔を上げる。
「……とりあえず、座って話そっか」
近くのテーブルに持ってきたたくさんのケーキやアイスを置く。

「由香ね、……1ヶ月前くらいにキョーちゃんと一緒に、あのコンビニでバイトしてたの」
「えっ！」
「知らないよね。勤務態度悪いって言われて、5日でクビになったし」
「……由香が、働いてたんだ」
「ちょっとの間だったけどね～」

ケーキを食べながら、由香が笑った。
「……だって、見つけたんだもん」
「なにを？」

「好きな人」

キョースケくんのことだ、と思った。
「キョーちゃんに会った時、カッコイイなって思った。一目惚《ひとめぼ》れだった。知らない人のこと最初から大好きになるなんて、初めてだった」
由香は私を見ないで、目の前にある赤く透明なゼリーに視線を向けた。
「……仕事ができない由香に、キョーちゃんはみんなみたく怒らずに、すごく優しくて……ソフトクリームもそうだけど、レジのやり方とか教えてくれて……」
スプーンでつついたゼリーが、ふるふると震えた。
「それが嬉しくて、仕事中なのにキョーちゃんにくっついてたら、クビになっちゃった」
あははと笑った後、由香がゼリーをスプーンですくった。
宝石みたいな形だったゼリーが、崩れた。
「バイト辞めたら、キョーちゃんに会うのも最後なんだって気がついて……そしたら、辛《つら》くなってきて。好きって……大好きって思って、止められなくて。……初めて、自分から男子に告ったんだあ」
「…………」
「ホントに、なにもかも初めてだらけだったよ。由香、バカだから『付き合って』って言えなくて、思わず『結婚してっ！』

って言っちゃって。キョーちゃん、笑ってたなあ」

どんな笑顔だったんだろう。
その時の、キョースケくん。

「キョーちゃん、ずっと笑ってて……笑いながら、『いいよ』って言ってくれた。『いいよ』って、言葉《ことば》が優しくて。それが、バカみたいに嬉しくて……嬉しくて嬉しくて……泣いちゃった」
「…………」
「好きな人と付き合えるって、幸せだったんだね……今更だけど、由香は幸せだったよ」
半分になったゼリーの断面に、由香の横顔が映る。
歪《いびつ》なゼリーの中の由香は、まるで泣いてるよう。
「……由香」
「あ……ごめ……」
でも、本物の由香は泣いてなんかいなかった。
「……由香、私ね……」
由香に言いたいことが、たくさんある。

キョースケくんのこと。
コウの怪我のこと。
……今日、すごく楽しかったこと。

心の中にじんわりと罪悪感が広がっていく。
「……ん」
「私……」

「…………ユキ」
言いたいことが上手《うま》く纏《まと》められない私より先に、由香が口を開いた。
「ユキ、このチーズケーキ美味《おい》しいよっ」
「え……」
「はいっ」
可愛く小首を傾げながら、チーズケーキを一口分けてくれた。
「……美味しい」
「でしょっ⁉　ユキのイチゴタルトも一口ちょーだい」
「いいよ」
「ありがと～」
私のお皿から、由香がイチゴタルトをフォークでつつく。
「……ユキ」
「え……？」
イチゴタルトを食べながら、由香が笑う。
「……由香、こんなん言える資格ないし……今もユキと一緒にいられる立場じゃないの分かってるんだけど……」
色とりどりのカラースプレーや銀色のアラザンが飾られているケーキ達は、まるで可愛い玩具のよう。

「……でも、ユキ見てたら……なんか……」
「…………」
「……友達みたいで……、……」
「………………」
「友達と一緒にいた時とか思い出して……初めは、ユキになにかしたくて、メイクしたり、洋服見たり……だけど、途中から、すごく楽しくなってきて……」

ケーキにゼリー、プリンにタルト。
由香の涙が上から落ちた。

「……なんだか、すごく淋しくて……」
「……由香……」
「ユキといたら、……淋しいの忘れちゃって……」
食べきれないほどのケーキと、泣いている由香。
涙の意味は、きっとたくさん。
私は由香にハンカチを渡した。
「……あ、ありがと……ごめ……」

私は由香に、怖いって思ったことはあっても、嫌いと感じたことはなかった。
だって、……私が現れなければ、今だって由香が泣く理由なんて生まれなかったから。

「……淋しくなったら、連絡ちょうだい」
「……へ……」
「私じゃ……嫌かもしれないけど……由香の友達みたく……できないかもしれないけど」
「……ユキ……」
静かに泣いていた由香の泣き声が、突然大きくなった。
「……私にも、友達いるけど……由香といたら……なんか違うのかなって思った……」
「……うぅ……ふぇぇ……」
「こんな風に、学校帰りに買い物して……ケーキを食べるなんて、初めてで……すごく楽しかったよ」

知らない場所をいっぱい教えてくれた。
楽しくて、覚えられないほど。
由香と一緒じゃなきゃ、見つけられなかった。

「でも、由香は……」
「…………」
「由香は、……ひどいことした……」
「……ひどいのは、私だよ」
テーブルの向こう。
泣いている由香に、手が届かない。
お互い、近くて遠い距離。
頭の中に、包帯を巻いたコウの姿がチラついた。

でも、……あれは、私の罪だから。

「……ユキ……キョーちゃんのこと……忘れたいのに忘れられないよお……！」
「……ッ、…………」
「仲間も友達も……やっぱり戻ってきて欲しいよお……！」

私の白いハンカチが、由香の涙でとれたメイクで黒く染まる。

まるで、私の心みたい。
なんで言ってあげられないんだろう。
どうして私は由香に言えないんだろう。

キョースケくんは、由香のものだよって……言葉にできないんだろう。

「……キョーちゃん……キョーちゃん……うぅ……」

夕闇《ゆうやみ》が包むテラスは、由香の泣き顔と私の黒い気持ちをそっと隠していった。

■メリーゴーランド■

帰宅して、お風呂から上がると携帯が鳴っていた。
着信の相手を見てビックリする。
慌《あわ》てて通話ボタンを押した。
「ハルくんっ⁉」
「もしもし、ユキか？」
「う、うん！」
思いがけない相手に、心臓がドキドキする。
「いきなりなんだけど、明日の日曜日ヒマ？」
「え？　……う、うん」
「ならさ、ちょっと付き合ってくんねえ？」
「えええっ！」
「んだよ。ヤなのかよ」
ちょっとスネたようなハルくんの声に、思わず笑ってしまう。
「は？　なに笑ってんだよ」
「ううん。嫌じゃないよ。いいよ」
「そうか」
弾んだようなハルくんの声に、少しだけ癒《いや》される。
「なら、明日。北区の遊園地に10時な」
「遊園地⁉」
「ん。遅れんなよ」
「わ、分かった」
「じゃあな」
戸惑《とまど》う私を余所に、ハルくんは電話を切ってしまった。
「？？？」
ハルくんと、遊園地……⁉

遊園地なんて、小学生以来行ってない。
しかも、男の子と……ハルくんとなんて……。
あんなカッコイイ男の子と遊園地⁉
自分の状況を飲み込めないまま、へたりとその場にしゃがみ込んだ。
思わず約束しちゃったけれど……私、とんでもないことした？
頭の中が真っ白で、上手《うま》く機能してくれない。

とりあえず……明日、なに着ていこう。

□　□　□

翌朝。
何を着ていけばいいか分からなかった私は、由香と一緒に買った洋服を選んだ。
メイクも髪型も、由香が教えてくれた通りにしたら上手にできた。

ドキドキしながら、遊園地のゲートの前に行くと。
細身のジーンズを履《は》いたハルくんが、長い足を持て余しながら柱にもたれかかっているのを発見した。
やっぱりカッコイイなあ。
ハルくんを見た女の子が全員振り返っていた。
すごい人混みなのに、目立つから直《す》ぐに分かる。
「ハルくん！」
かなり目立っていたから、ハルくんに声をかけるのに勇気がいった。
「お。ユキ、はよ」
「お、おはよう！」
「ちゃんと時間通りに来てエライじゃん」
ハルくんがニカッと笑う。
慣れると本当に素敵《すてき》な表情を見せてくれるなあ、ハルくんは。
「誰かさんと大違いだな」
「……誰かさん？」
その時だった。
「ハルーッ！」
後ろから、聞き覚えのある声がした。

「遅っせーよ、キョースケ！」
「ごめんごめんっ！」
「ごめんじゃねーし」
息を切らしながら、キョースケくんがハルくんの隣まで走ってきた。
「……え、あ……」
キョースケくんの姿を見て固まる私に、ハルくんが笑った。
「男二人で遊園地とか、ムサイしな」
「…………」
「つか、なんかお前。雰囲気変わったな」
ハルくんが私をしげしげと眺《なが》める。
「……ヘンかな？」
「や、スゲいいと思う」
オシャレなハルくんに言われると、なんだかとても照れてしまう。

「あれ？　ユキちゃんっ⁉」
「……キョースケくん……」
荒い息をついでいたキョースケくんが、私の存在に気がつく。
「ユキちゃんも来たんだ。よかった。ハルだけかと思ったよ」
「なにがよかったんだよ」
「だって、男同士で遊園地なんて痛いじゃん。ハルがどうしてもって言うから仕方なく……」
「うっせえ！」
言い争っている二人の後ろには、キラキラの遊園地。
確かに、男子二人で遊園地ってなんだかおかしいかも。
「あはは！」
「……なに笑ってんだよ」
「だって……」
笑いを堪《こら》えられず、クスクス笑う私にハルくんがムッとする。
「だから、お前を呼んだんだろ。行くぞ」
ぽんと、遊園地のパスポートを渡される。
「え、あ！」
慌てて財布を取り出すと、ハルくんが私から離れた。
「俺が誘ったからいい。行くぞ」
「……でも……」
「ありがとう、ハル！」
「男は奢らん」
「なんだよ！　差別するなよ！」
「するし」
なんて言いながら、三人でゲートをくぐる。
本当に払ってもらってよかったのかな……。
鞄《かばん》に財布をしまいつつ、ハルくんを見上げた。

「で、どっか行きたいとこあるか？」
「え……」
いきなり話をふられて戸惑ってしまう。
キョースケくんがマップを取り出した。
「新しくできたウォーターフォールなんてどうかな？」
「お前には聞いてない」
「ひでっ！」

結局、三人で目についたものから片っ端に遊ぶことになった。
「あ、あんな高い所から落ちて……大丈夫なの……？」
「大丈夫だ」
「大丈夫じゃないだろ！　ハルだけ行けよ」
「残念ながら、お前達もう列に並んでるし」
「「あっ！」」
「さて乗るか」
なんて無理矢理乗せられた絶叫系の乗り物が面白くて、案外ハマってしまったり。
「面白かった～！　上から見た景色がすごいキレイだったね！」
「だろ？」
「すごいね、ユキちゃん……俺、景色なんか見てる余裕なかったよ……」
真っ青になったキョースケくんはベンチで横になってしまった。

「……ユキ、ちょっといいか？」
しばらく休んでいると言ったキョースケくんを残し、私はハルくんが歩く方向へついていった。

「………………」
「…………」
ハルくんの綺麗《きれい》な横顔が、青空に映える。
その青空の向こうに、パステルカラーの観覧車が見えた。
「……観覧車」
クルクルと一定の間、回転し続ける観覧車。
「どうしたの？　観覧車に乗りたいの？」
「乗らない。見にきただけだ」
「……でも、なんだか乗りたそうだよ」
「…………」
ハルくんは黙って、観覧車を見上げた。

「……ユキ。俺、彼女と別れた」
ふいに。
ハルくんが振り返った。
「……どうして……？」
「好きじゃなかったから」
「…………っ！」

「好きじゃないから、別れた」

好きだから、付き合うんじゃないの？
そんな当たり前な疑問が頭に浮かんだ。

「今度は、好きな子と付き合う」
「……勝手だね」
「勝手だな」

「奈々は……？」
あんまり好きじゃなかったけど、ハルくんのことが大好きだった奈々を思い出す。
「泣いてた」
それは、そうだろう。
私だって、好きな人にふられたら泣いてしまうよ。
私、分かる。
きっと、奈々と別れてハルくんの友達は喜んだんじゃないかな？
私もハルくんが奈々と付き合ってるの知った時、嫌だった。
キョースケくんだって、奈々とハルくんが付き合うのを反対してたし。
だけど、すごく矛盾しているけど……奈々が可哀想《かわいそう》だと思った。
奈々にしてみたら、余計なお世話かもしれないけど。
ハルくんが好きなら、ハルくんの気持ちが自分に向いていないのは傍《そば》にいれば分かったはずだ。

ハルくんは、最初から奈々を好きじゃなかった。
なのに、付き合った。

「怒ったのか？」
私は、ハルくんから顔をそらした。
「でも、もう俺は選んでしまった」
ハルくんが、もう一度観覧車を振り仰ぐ。
エレクトリックな電飾が瞬《またた》いている。
観覧車はいつまでも同じ色なのに、空だけが雨模様に変化した。

「次、観覧車に乗る時は。好きな子と乗りたい」
「………………」
「って、ユキに伝えたいと思った」
「……どうして？」
「どうして、って。お前、俺に似てるから」
ハルくんは笑っている。
でも、楽しい笑いじゃない。遊園地でよく見る笑顔じゃない。
吹っ切れたような、悲しいような、切《せつ》ないような……そんな辛《つら》い笑顔。不安な笑顔。

「……ハルくん。好きな人と上手くいったの？」
「全然」
さっきまで青かった空が、くすんだ水灰色になった。
白い雲の中に雨雲が見える。
……きっと、雨はもうすぐだ。

『雨の匂《にお》いがする』

ふと、コウの言葉《ことば》を思い出す。

「好きな子を……傷つけるだけ傷つけた」
「どうして……！」
「……すごく、好きだから」
「言ってる意味が分からない。分かんないよ！」
午後３時なのに、暗くなってきた景色は夕方のよう。

「……『好き』すぎて、周りも自分すらも分からなくなった」

「………………」
「なあ、ユキ。『好き』になるって、怖いな。それに、難しい」
手すりに捕まってもたれかかるハルくんは、まるで空の中にいるよう。
「奈々を泣かせた。これは俺が悪い。俺が一番悪い」
「…………」
「でも、気づいてしまった」
「……ハルく……」

「俺は、アイツが世界で一番好きだ。だから、何を言われても仕方ない。覚悟はできている」
「！」
覚悟。
決意したハルくんの顔は鋭く、精悍《せいかん》だった。
「もう、なにもかも遅いかもしんねえけど……散々アイツを傷つけてしまったけど、……俺は諦《あきら》めない」
ハルくんの切れ長の目が、すっと細められた。
「……ユキに、この場所で言えてよかった。一方的でごめんな」
「どうして、私なの？」

「俺の心を打ち明けたのは、ユキだけだったから」

空の色が曇ってきても、相変わらずハルくんは綺麗だった。
「ユキ」
ハルくんが私との距離を縮めた。
「お前も、自分と向き合え」

「…………」
「もう分かってんだろ？」
なにもかも見透かしている瞳《ひとみ》みたい、ハルくんが私を見つめている。

「……その洋服も、化粧も、由香に教えてもらったんだな」
「え！」
「……確かに、似合ってるけど。お前が選んでないのが分かる。どこかに、由香がいるのが見え隠れする」
私は……ファッションなんて興味なかった。
ファッション誌を買ったこともない。オシャレに努力なんてしたことない。
全部、由香任せだった。
本当は、ピンクのマニキュアより透明感のある白が好き。
洋服も、清楚《せいそ》なワンピースが好き。
靴も、ヒールが低いのが好き。
……でも、由香の言うとおりにしたら……私が私じゃないみたいに可愛《かわい》くなった。
今まで生きてきて、一番可愛くなった。

「……ユキ」
ハルくんの問いかけに、ビクリと体が反応する。
「キョースケと、話してこい」
「………………」
「じゃなきゃ、お前は一歩も前に進めない。立ち往生だ」

人混みに、ハルくんが紛《まぎ》れる。

私から、遠ざかっていく。

「傷つくことに怯《おび》えるな」
「…………」
「傷ついた分だけ、一秒後の自分は一秒前の自分と別の人間になっている。少なくとも、俺は前の俺より今の俺の方がいいと思ってる……まだ、自分のことは好きになれないけど」

行き交う人の中に、ハルくんが同化する。
どこにいるのか、完全に分からなくなる。

「ハルく……！」
名前を呼んでも、ハルくんは帰ってこない。
「………………」
携帯を取り出したけど、直《す》ぐにしまい込んだ。
きっと、ハルくんは電話に出てくれないだろう。
それ以上に、ハルくんが何を言いたかったか……痛いくらい私は理解してしまっていたから。

もう振り返らない。

真っ直ぐに、キョースケくんのいるベンチを目指した。

……ねえ、ハルくん。
私、ちゃんと恋、できてたかなあ……？

さっきまでベンチに横たわっていたキョースケくんは、身を起こしてペットボトルを額に当てていた。
「あ、ユキちゃん」
「……体調、大丈夫？」
「うん。さっきより楽になってきたよ」
「そっか。よかった」
「あのさ……」
まるで今の空みたい。キョースケくんの表情が曇った。
「……コウくんの様子はどう？」
「今は……リハビリに通ってる」
「治りそうなの？」
「それは……まだ分からない」
「……そっか」
場違いなくらい煌《きら》びやかな遊園地の世界に、キョースケくんと私はいた。
一番いてはいけない場所に二人がいる、背徳感。

「……今日のユキちゃん、なんかいいね」
重たい空気を壊《こわ》すように、キョースケくんが話題を変えた。
「俺、そういう感じ好きだよ」
その言葉に、何かが壊れて飛び散って……鋭利《えいり》な刃物みたい、私の心を切り刻んだ。

「すごく可愛いよ」
だって、これは……

「……ユキちゃんみたいな女の子と……付き合えばよかった」
「…………」

「……苦しいんだ」
……キョースケくんが、辛そうに微笑《ほほえ》んで私を見た。

私を見ているけど、私なんか見ていない。
キョースケくんは、私の中の由香を見ている。
このメイクも髪型も服装も……由香にそっくりだ。

「キョースケくん……」
今なら、もしかしたら……。

「……ユキちゃんみたいな女の子と付き合ってたら……こんな苦しくなかったのかな」
キョースケくんが笑う。
ああ、また。

私の見たことない笑顔だ。

「……私……」
期待してしまう。
可能性はゼロじゃない。
ここで、キョースケくんに……もう一度、告白したら……？

キョースケくんの隣に座る。
心臓がドキドキして壊れてしまいそう。
キョースケくんを、じっと見つめる。
私の、大好きなひと。
初恋だったひと。

……でも。

『由香、バカだから『付き合って』って言えなくて、思わず『結婚してっ！』って言っちゃって。キョーちゃん、笑ってたなあ』
『キョーちゃん、ずっと笑ってて……笑いながら、『いいよ』って言ってくれた。『いいよ』って、言葉が優しくて。それが、バカみたいに嬉《うれ》しくて……嬉しくて嬉しくて……泣いちゃった』

『好きな人と付き合えるって、幸せだったんだね……今更だけど、由香は幸せだったよ』

『……キョーちゃんのこと……忘れたいのに忘れられないよお……！』

由香の言葉が頭の中で反響して氾濫《はんらん》する。

「……ユキちゃん、どうしたの？」
黙っている私に、キョースケくんが心配そうに覗《のぞ》き込む。

ああ……私、あなたが好きよ。
胸が痛い。
壊れて、体から心臓を失ってしまいそう。
優しい言葉をくれるくせに、キョースケくんは……今も……。
キョースケくんの心には……私のスペースができ始めているのがなんとなく分かる。

それが……嬉しくて、辛くて……泣きそうになる。

だけど、泣いちゃダメだ。
「……キョースケくん」
「ん？」
「由香に……連絡して」
そう言った瞬間、目頭が熱くなった。
泣き出す直前。
涙がたまるのが分かる。
でも、絶対に涙を零《こぼ》してはいけない。

「由香は……キョースケくんのことが……今も大好きだよ」

私、泣いてないかな？
上手《うま》く笑えてるかな？

「……ユキちゃん、どうして……」
「だって、由香と私は友達だから」

……由香は、私の友達。
由香が私を友達だと思っていなくても、大切な大切な友達。
そう教えてくれたのは、……由香だから。

「友達だから、分かるの」
同じひとを好きになったから、分かるよ。
「由香は、痛いくらい……あなたのことが大好きだよ」

もうダメだ。
辛いよ。
泣きそうだよ。

私だって、好き。

胸が引き裂かれる。
由香のことをキョースケくんに伝える度《たび》に、私の恋がズタズタになる。
……だけど、それでも……

「由香も、キョースケくんも……私にとって……大切だから」
私の目から……堪《こら》えきれず涙が溢《あふ》れた。
「……ユキちゃん……？」
心配そうに見つめるキョースケくんの指先が、私の頬《ほお》に触れようとした瞬間。
雨が降ってきた。
つまり、私の涙は涙ではなく。
雨なんだ。

「キョースケくんっ！」
走って、その指先から逃れた。
「由香、ずっと待ってるよ！」
激しい雨音にかき消されないよう、必死に叫んだ。
「……だけど、俺達のせいで……コウくんは……」
「それは違う。コウは……」
コウは……コウは……。

私がコウの気持ちから目を背けたから。
真っ直ぐに見ようとしなかったから。
「……キョースケくん」
土砂降りの雨の中、私は微笑んでみせた。
冷たい雨が、私の熱い涙と混じり合う。

「……さよなら」

ここにいたら、息ができない。
雨は、やまない。
どんなに願っても、やまない。
二人を傷つけた私。
なら、百倍私が傷つこう。
それが……由香への私の気持ち。

「ユキちゃ……」
きっとあなたは優しいから、追いかけてきてくれてる。
後ろを見なくても分かる。
優しいね。
大好き。
けど、その優しさは……由香にあげてね。
ごめんね。

由香、ごめん。

□ □ □

こんなに胸が張り裂けそうになったことなんて一度もない。
まるで大怪我をしたみたい。
胸が痛すぎて、なんにも考えられない。
だからかなあ？

「………………」

気がついたら、私はコウの家の前に立っていた。
やむことを知らない雨が、容赦なく私を打ちつける。
それが、なんだか罰みたいで。
今の私には、当然のような気がした。
雨樋が大量の雨水を吐き出している。
ドアを開けるつもりはない。
ただ、このドアを見つめているだけで……少しだけ、楽になれる気がした。

そのまま突っ立っていたら、なんの前触れもなくギイと、扉が開いた。
ドアの隙間から、コウの姿が見える。

「……コウ。いたんだ」
「僕はずっとここにいる。そう言ったはずだ」
「………………」
「待ってるって、言ったはずだ」
無表情のコウが、扉から出てきた。
瞬間。

雨がやんだ。

「……コウ」
後ろには激しい雨が降っている。
だけど、コウの腕の中は雨なんて降っていなかった。

残った片方の腕で、私は抱きしめられていた。
「……コウ……コウ……」
きつい力で押し付けられたコウの胸元には、消毒液の匂《にお》いがする三角巾。
「コウ……やめて……」
清潔な消毒液の匂いが、私を不安にさせる。
今、私を抱いてくれている片方の腕も……私に関わったら失ってしまいそうで……不安になる。

「スーパーカリフラジリスティックエクスピアリドーシャス」
耳元で、コウが囁《ささや》いた。
「元気になるんだろう」
「…………」
「なら、何度でも言う。ユキが元気になるなら、僕がいつでも唱《とな》えてあげる」
離さないように、離れないように。
コウの片腕が私を逃がさない。
「……泣くな」
「っ！」
「僕は、ユキの泣き顔が好きじゃない」
私が泣いていると見抜いたコウに驚く。

「……ユキ」
「…………」
「好きなら、好きでいいんだ」
「！」
「……好きだけなら、誰も咎めない。想ってるだけなら、誰にも知られないから」
コウが、少しだけ、笑った。

ずぶ濡れの私に、コウはタオルと自分のTシャツを貸してくれた。そして、前みたいにコーヒーを煎《い》れてくれた。
「……あったかい」
苦いコーヒーは、朦朧《もうろう》とした私の意識を覚醒させてくれる。
相変わらず電気がついてない部屋は、星々が瞬《またた》いていた。
……北極星以外。
「ユキ」
自分もコーヒーを飲んでいたコウが立ち上がった。
「北極星、描こうか」
コウの片手には絵筆が握られていた。
「でも、コウ。絵は……」
「僕じゃない」
そっと、絵筆を渡される。
「ユキが北極星を描くんだ」
「私が……？」
握らされた絵筆に戸惑《とまど》う。
「無理だよ。私は……コウみたいに描けな……」
「描ける」

コウの左手が、私の右手に重なる。
「今のユキなら、絶対に描ける」

完成しないと諦《あきら》めていた。
ずっと見てみたかった北極星の絵。
それを、私が……？

「……見たかったの」
「ユキ？」
「コウが、この絵を完成させるのが……見たかったよ」
ポロポロと、また涙が出た。
私が、私のせいで、私なんかが……

「それは違う」
「え？」
「僕は最初から、ユキと一緒に北極星を描こうと思ってた」

一瞬、北極星の描かれていない空間が光ったような気がした。

「僕が、僕だけで完成させようと思っていたのに。突然、描けなくなった。なんでかなと、ずっと悩んでた」
「…………」
「ユキがいないと、完成しないんだって分かったんだ」
コウが笑う。
その瞳《ひとみ》には相変わらず星が輝いていた。

『星が降ってくるのを、待ってるんだ』
『……さっき。ユキが部屋にいた時、すごい星が降ってきた。もう描ける。完璧に』
『ユキ。僕は待ってる。あの部屋で、最後までずっと待ってる』

コウの言葉《ことば》が頭の中を反響する。

『もう少しだけ、僕の傍《そば》にいて』

……いつだって、私は君の傍にいたね。
この絵と一緒に、あなたの傍に私はいた。
震える手を、コウが握ってくれた。
もう、大丈夫。怖くない。

「私……描く」
「ユキ」
「コウの代わりにはなれないけれど、私は私の星を描く。描いてみせる」

だから、この手を重ねていてね。
じゃないと、上手に描けそうもないから。
コウの左手と私の右手が、北極星を描き出す。
闇《やみ》の中、次々と星達が現れる。

「綺麗《きれい》だ」
「……うん」

「僕が見たかったのは、この星なんだよ。ユキ」

背中越しだから、コウの表情は分からないけれど、彼の体温が伝わってくる。

「……できた」
どのくらい時が経っただろう。
コウの呟《つぶや》きと共に、私の手から彼の手が離れた。

「完成……したの……？」
「完成した」

振り返れば、コウは笑っていて。
こんなに嬉《うれ》しそうに笑うコウを、私は初めて見た。
いつもみたい、大人っぽいコウらしくない、子供みたいに笑ってた。

「ユキの星だ」
「……私、の？」
「なくしたと思ったけど、見つかってよかった」
ニコニコと笑うコウに、私もつられて笑ってしまう。
「これで、僕も安心して転校できる」
……転校。
そうだった。コウは転校するんだ。
「……転校って、いつだっけ」
「３日後」

告げられた日数に、心が不安定になる。

「ユキ。僕がいなくなっても、絵を描いて」
「………………」
「ユキには星がある。僕が見つけた。一番最初に僕が見つけた」
コウが私の瞳を覗《のぞ》き込む。
「一番最初って……」
「会った瞬間から」
それは、いつだろう。
「一年の時、美術部でユキを見た。綺麗な星を持ってるなと思った」
コウが笑う。
満ち足りたように笑っている。
「ユキ……」

北極星ができ上がった。
完成した夜空は部屋いっぱい。
素晴らしい作品に見えるけど、なんだか子供の悪戯《いたずら》みたい。
ワクワクして、楽しくなって……。
小さい頃、部屋の壁にクレヨンで落書きしてママに怒られたことを思い出す。

そんな、懐《なつ》かしくなるような、部屋。

「コウ……」
「ユキ。絵、また描きなよ」

「…………」
「そしたら、僕は……」

コウの顔が見えないくらい近くなる。
星しか見えなくなる。
「……コウ？」
クスリと笑った後、コウは私の額にキスをした。
「ッ！」
「ユキ……」

そうして、片腕できつく抱きしめられた後、コウは言った。

「さよなら」

ああ。その言葉は……。

さっき私がキョースケくんに告げた言葉だ。

■君と僕の部屋■

「ユキ、待って！　由香、あれ食べたいっ！」
「またあ？」
「だって、あのポップコーンのフレーバー、この場所でしか買えないんだもん」
由香と二人。遊園地に来ていた。
「由香は食べてばっかりだね」
「だって由香、ジェットコースターもお化け屋敷もダメだもんっ。怖いもんっ」
「そうなんだ」
ストロベリーフレーバーのポップコーンを頬張《ほおば》りながら、由香が私の後ろをついてくる。
「ねえ、ユキ。どこ行くの？」
「観覧車」
「観覧車なら由香も乗れるよおっ！　ユキ頭いいっ！」
「あはは」
あれから、由香は親友と仲直りしたらしい。
それでも、由香は私と友達でいてくれた。
「でも、いきなり遊園地に来て観覧車って初めてかも」
「いつもは何に乗るの？」
「メリーゴーランドッ！」
「ぷっ！」
「あーっ！　なんで笑うのお～？」
「意外と子供っぽいなあって」
「もう、キョーちゃんと同じこと言う……」
キョースケくんの名前が出た瞬間、急に由香の元気がなくなった。
「……いつもね。キョーちゃんと遊園地来たら、乗ってたの。メリーゴーランド……」
「メリーゴーランド、乗る？」
「ううん……乗らない」
そして、再び由香が笑う。
「ダメだね、由香。早く忘れなきゃだねっ！」
「……由香」
メリーゴーランドの隣を通り抜け、観覧車を目指す。
観覧車が近づいてきた瞬間、由香の足が止まった。
「……キョー、ちゃん……？」

観覧車の前に、キョースケくんがいた。
「ユ、ユキ……」
「昨日ね、電話して……来てもらったの」
「……え」
由香の腕を引っ張って、キョースケくんの前に立たせる。
「ッ！」
「由香、キョースケくんに言いたいことあるんでしょ？」
「……あ」
由香の顔が強張る。
「……無理……由香、帰るよ……」
「由香！」
「だって、由香……キョーちゃんに、嫌われたから……もう、分かってるから……今更」

「俺がいつ、由香を嫌いなんて言った？」

キョースケくんが、由香に歩み寄ってくる。
「俺は……ずっと由香のことを考えてた」
いつも笑顔のキョースケくんの表情が真剣なものに変わる。
カッコイイな、と思った。
「好きだったから……由香が好きだったから、俺はずっと考えてた！」
「…………ッ！」
「ちゃんと由香のこと受け止められるか、俺なりに、精一杯、真剣に。ずっとずっと考えた」
「キョーちゃ……」
キョースケくんが、由香を抱きしめた。

「結婚しよう」

戸惑《とまど》う由香の頭を、キョースケくんが優しく撫《な》でた。
「これが、俺の結論」
「……ウソ……」
「俺は、適当な気持ちで由香と付き合ってたんじゃないよ。だから、あの時怒ったし、めちゃくちゃ悩んだ」
由香を抱きしめるキョースケくんが、ふわりと笑う。
「……ホントに？」
キョースケくんの腕の中で泣きじゃくる由香。
「由香は……キョーちゃんが思ってたほど……いい人間じゃないよお。やきもちだって、いっぱい妬《や》くし、独占欲だって強いし、前みたいに……なにしでかすか分かんないし……うぅ……」

「その時は、俺が責任を取るよ」
ぽんぽんと、由香の頭を撫でる。
「俺と結婚、したくない？」
ふるふると、由香は首を横に振った。
「……由香で、いーの？」
「いいよって、前に言っただろ？」
「キョーちゃん……」
「結婚してくれって、由香が言ったんじゃないか」
いつまでも泣き止まない由香の涙を、キョースケくんはそっと指先で拭《ぬぐ》った。
「いきなりは無理だけど、卒業したら結婚しよう」
「…………」
「今だって、バイトしながら資格も取ってる。将来は、親父の会社継《つ》いで、ちゃんと働くから。……それとも、俺じゃイヤ？」
「そんなことない！　嬉《うれ》しい……嬉しいよぉ……」
「……そっか」
「ありがと……ありがとう、キョーちゃ……」
「……ん」
「ユキぃ……」
涙で顔をぐちゃぐちゃにした由香が、私を見る。

「ありがと……ユキ……ユキ、ごめんね……ごめんね」

私は、なにも言えなくて。
ただ黙って頷《うなず》いて……その場から立ち去った。
本当は、よかったねって言いたかった。
でも、言えなかった。

手放しで祝福してあげられるほど、私はまだ人間ができてない。

泣いてるの、見られたかなあ。
振り返ったら、ダメだ。
涙を拭《ふ》いたら、知られてしまう。

私だって、あなたが好きだった。

……大好きだった。

□□□

明日で、コウが転校してしまう。
なんだか信じられない。
学校にも、あの部屋にもコウがいないなんて。
実感がわかない。
だから、最後に……コウに会いに行こうと思った。

放課後、コウのクラスを訪ねる。
「あの……羽柴くんいますか？」
「羽柴？　羽柴なら、今日で転校したよ」
「え？　転校って、明日じゃ……」
「なんか、予定より早くなったんだって」
なにそれ。

私……聞いてない……。

コウの携帯に電話したけど繋《つな》がらない。
焦《あせ》って、どうしていいか分からなくなる。
転校って、直《す》ぐに行ってしまうものなの？
……まだ、間に合うかもしれない。

私は、あの家へ走った。
北極星の部屋がある、いつもの場所へ。

門は……開いていた。
もしかしたら、コウがまだ部屋にいるかもしれない。
「コウッ！」
駆け足で二階に上がり、あの部屋の扉を開けた。
「……コウ？」
部屋の中から、塗りたての絵の具の匂《にお》いがした。
でも、部屋の中にはコウの姿はなかった。
ただ星達が瞬《またた》いているだけ。
真ん中に置き去りにされたコーヒーカップが２つあった。
「………………」
いつも温かかったコーヒーカップを手に取る。
金属でできた器は、ひんやりと冷たかった。
だけど、さっきまでここに誰かがいた気配はある。

コウに会いたい。
ちゃんと、会ってお別れが言いたい。
そうだ。コウが住んでいる家に行けば……。

部屋の外に出ようと振り返った時だった。
開けた時には気づかなかったけど、扉に見慣れない絵が飾ってあった。
それは、肖像画で。まるで、今書き終わったみたい。
絵の具はまだ、乾いていなかった。

「……コウ」
涙が、出た。

だって、その肖像画の人物は……私だったから。

キラキラの星空に、私が笑っている。
コウらしく、夜空じゃない、ピンクと青のグラデーションの空に、色とりどりの星達に囲まれている私。

「……コウ……コウッ！」

左手で、描いたの？
大変じゃなかったの？
いつから描いてたの？
これ、油絵だから、きっと前から描いてたんだね。
……コウ。
あなたに私の星は、こんな風に見えてたの？

生乾きの絵は、触れたら崩れてしまいそうで。
私は、ただ呆然《ぼうぜん》と絵を見続けた。
絵の中の私の髪は短くて微笑《ほほえ》んでいる。

今の私は髪が長いから、肖像画の私は一年生の時だろう。
でも、私……あの時、こんな風に笑えてたかな？
いつもビクビクして、コウのことをライバル視していて。
きっと、自分でも気づかないうちに睨《にら》んでしまっていたことも
あったかもしれない。
絵の具も、私の表情の所だけ最後に描いたみたいだった。

「……コウ」
この部屋で、コウと一緒に笑ったよね。
楽しかったな……。

その時、私の携帯が鳴った。着信相手はコウだった。
「コウッ！」
『ごめん。今携帯の履歴見た。どうしたの、ユキ』
電話の向こうからガタガタと電車の音がした。
「……もう、行ってしまったの？」
『うん。電車の中』
「コウ……あの、部屋にあった私の絵……」
『もう見たの？　乾いてないからしばらく触らないで』
「う、うん……」
『電波悪いから切るよ』
途切れ途切れになるコウの声。
話したいことがたくさんあるのに、会話がプツリと切れてしま
った。
携帯を持ったまま、ぺたんとその場に座り込んだ。

……そうだよ。

一生会えないワケじゃない。
会おうと思えば、いつだって会えるし。
話したかったら、今みたいに電話すればいい。
だから、大丈夫。

もう一度、コウの描いた私を見た。
絵の中の私は、過去の私。
あの時なんて友達もいなかったじゃない。
私は大丈夫だ。私は、一人だって平気。
いつも一人だった。
話し相手はいたけれど、誰も私を……本当の私を見てくれなかった。
だから平気。
前の私に戻っただけ。
ほんの少し違うのは、私は……ぬくもりを知ってしまったことくらい。

1日が過ぎた。
明日がきた。
まだ大丈夫。
一人でも平気。

2日が過ぎて、3日が過ぎた。
ちょっとだけ、コウの声が聞きたくなった。
ううん。
聞かなくても、私は頑張れる。

学校にも塾にも、変わらず通い続けられる。

それから、一週間が過ぎた。
携帯でコウの名前を表示した。

『羽柴 紘』

なぜだかボタンを押せなかった。
コウと話したいと思っているのに、そのまま携帯を閉じる。
そうして目を瞑《つむ》って、ベッドの中。また明日を迎えた。
コウから連絡は、ない。
私は、一人ぼっち。
前まで見たいと思っていたのは、キョースケくんの笑顔だったのに。
今はなんとも思わない。
とにかく、コウと話したかった。
なんでもいい。
あの部屋にいた時みたい、他愛ない会話がしたかった。

『コウの目って不思議』
『なにが不思議？』
『あの空は青いけれど、コウには別の色に見えてると思うの』
『空は青いよ』
『青いよね』
『なに言ってんの、ユキ』
『なに言ってるんだろうね』

『あははは』
『ふふ』

□ □ □

通学途中、空を見上げた。

コウ。
今日も空は青いけど、あなたも青く見えてるのかな？

コウ。
あなたのいる場所の空は、どんな色をしているの？
私、知りたいし。直接聞きたいよ。
話をしなくなって、どれくらい経ったの？
10日目から数えるのをやめたから分からない。

「……コウ」
……私、分からない。
ただ、ひとつだけ分かるのは。
私は、あの絵みたいに笑えてない。
前の私に全て逆戻りしている。

それに気がついた時、私の足は学校へ行くのをやめた。
無性にあの絵が見たくなった。
自分がどんな風に笑っていたのか、思い出せないから。

久しぶりに、あの部屋に入る。
北極星がキラキラと光っている。
ドアに飾られた油絵は、もう乾いていた。
「………………」
絵の中で笑っている私は、本当に楽しそうで私じゃないみたい。
コウ。
この絵、もらってもいいかなあ？
私ね、なんだか最近笑った記憶がないんだ。
この絵を見ていたら、真似だけでもできると思うの。
せめて、コウがいた時みたいに振る舞いたいから。
本当は、コウに電話して聞きたいけど……勇気がなくて、できないよ。

気軽に電話するには時間が経ちすぎたことに、ようやく気がついた。
電話して、繋《つな》がらなかったらどうしよう。
冷たい口調で迷惑《めいわく》がられたらどうしよう。
時間って、怖いね。
あの楽しい時も、全部思い出に変えてしまう。
そう。
あれは、コウにとって『思い出』になっているかもしれない。
この町で暮らした、思い出。
私の知らない場所で、知らない高校に通っているコウにとって。
この町で起きた出来事は、嫌なだけの……思い出したくもない……。
そう考えられるだけのことを、私はコウにしてしまったから。

油絵に手をかける。
ドアから外した瞬間、ヒラリと何かが降ってきた。

「……手紙？」
足元に舞い降りた手紙を拾う。
空みたいな青色の封筒の宛名には、「ユキへ」と書かれていた。
後ろを見ると、コウの名前が記してあった。
慌《あわ》てて封筒を開く。
手紙には、綺麗《きれい》だけど歪《いびつ》な文字が並んでいた。
コウが、左手で書いたんだろう。
それでも、私の知っている懐かしいコウの文字に胸が締めつけられた。
メールと違って、手紙ってすごくリアルだ。
機械的な文字じゃなく、本人が書いた文字は彼の存在をより濃く感じた。
すうと深呼吸して、手紙を読む。

「ユキへ。

この手紙を読んでるってことは、なにかあったんじゃないかな。
お前は、なんでも一人で抱え込んでしまうタイプだから。

悩んでるの？
辛《つら》いことでもあった？

今の僕にはユキのことは分からない。
この絵を外した時。僕は、もうこの部屋にいないから。
お前の傍《そば》にいてやれないから。

ユキの絵は、ずっと前から描いていたんだ。
でも、なかなかいい表情が描けないでいた。
僕は、ユキの笑顔を見たことがなかったから。

ずっと、笑った顔が見たいと思った。

だけど、この部屋にユキが来てから。
ユキは僕に笑いかけてくれた。
それが、たまらなく嬉《うれ》しかった。

毎日、ユキの笑顔を眺《なが》めていたよ。
忘れてしまうのが嫌だったから、できるだけユキの笑顔を必死で覚えた。

だから、この絵は
僕の一番好きな、ユキの姿。

ユキ。
もし、僕が必要なら会いにおいで。
言葉《ことば》も、荷物も何もいらない。
なにも持たず、会いに来ればいい。

僕はいつでも、ユキを待ってる。

今でも、ユキに会いたい。

いつだって、僕はユキに会いたい」

手紙の最後に、コウの転校先の住所が書いてあった。
鞄《かばん》に封筒をしまう。
そして、扉を開ける。
外へ一歩踏み出す。
さっきまで夜空の中にいた私が、青空の下にいる。
心地よいコウが作った夜空じゃない、外の世界。
だけど、この空の向こうにコウがいるんだ。
コウの作品じゃない。
彼自身が、世界のどこかにいる。
そして、私を待ってくれてる。
そう思うと、いてもたってもいられなくて。
私は駅を目指して、走った。
目的地は、新しいコウの家。

電車を数回乗り継《つ》いで、知らない駅で降りた。
駅員さんに書いてもらった地図を頼りに、コウの家を目指す。
時刻は夕方になっていた。
コウの住んでいるこの土地も快晴だったらしく、夕日の向こう側。青空が見えた。

歩いているうちに、見慣れない制服を着た学生達とすれ違う。
違う制服を着ている私は、なんだか場違いで、ここにいてはいけない感じを受けた。

本当に、ここに来てよかったのかな？
今更、そんなことを考えていた時。

交差点の向こう側、コウを見つけた。

私の知っている、西校の制服じゃない。
違う学校の制服を身にまとったコウは、なんだか別人に見えた。
それに距離感を覚えて、帰ろうとした時。

「……ユキ？」
コウに、呼び止められた。

青信号になって、コウが私にゆっくりと近づいてくる。
その顔は……私がずっと見たかった、笑顔で……。
だから、私も笑ってしまった。

どんなに努力しても笑えなかったのに、コウを見た瞬間、簡単に笑顔になれた。

「ユキ……」
コウに名前を呼ばれる
でも、私はなんて言っていいか分からなくて。縋《すが》るようにコウを見た。

ゆっくりとコウの腕が動く。

「会いたかった」

その言葉と同時に、私はコウにぎゅっと抱きしめられた。
「……私も、コウに……会いたかった……会いたかったよお」
会いたいって言葉が、私の口から出た時。
私はコウに会いたくてたまらなかったことを知った。
コウの腕のギプスは外れていて、両腕で優しく抱きしめられた。
知らない町だけど、知らない制服だけど。今私を抱きしめていてくれるのは、私がよく知っているコウだった。
「ずっと、お前が来るのを待ってた」
コウが笑う。私は、笑おうとしたけど、泣いてしまった。
「きっと、来てくれるって思ってた」
右腕で、ぽんぽんと私の頭を撫《な》でてくれるコウ。
「……コウ……私、私ね……」
「無理して言わなくていいよ」
その代わり、抱きしめる力が強くなる。
「言葉なんて、いらない」
だから、私もコウにしがみついた。
離れたくないって、思った。
「ユキを、離したくない」
「………………」
「ずっと、傍にいて欲しい」
「……コウ」
そっと、私の頬《ほお》を両腕で包み込む。
コウの手は大きくて、温かかった。

「ユキは？」
少しだけ不安げな表情のコウを見て、私の涙が止まる。
そして、あの絵みたいに笑顔になれた。

「……私も。私も、コウの傍にいたい……」

私は自分の気持ちを話すのが苦手だ。
だから、それだけ言うのが精一杯。
その小さな声が、コウだけに届いた時。

子供みたいに笑ったコウは、……私にそっと、キスをした。

■通学途中■

「ユキ、私……彼氏ができたの」
大学のカフェテリア。
同じ学部で一番仲良しのユウナが唐突にそう言った。
ユウナが恋愛の話をするなんて、ビックリしすぎて飲んでいたミルクティーを吹き出しそうになってしまった。
「え？　ユウナ、彼氏いらないんじゃなかったの⁉」
ユウナは由香の友達だ。
この大学に入学するんだと由香に話したら、ユウナを紹介された。
私もユウナも、由香の親友だ。
だからかなあ。
会った瞬間から、ユウナとは直《す》ぐに仲良くなれた。
「……ん。そうなんだけどね……ずっと好きだった人が……迎えに来てくれたの」
いつもどことなく淋しそうにしていたユウナが、初めて幸せそうに笑った気がした。
「そっかあ……迎えに来てくれたんだ」
「……うん」
泣きそうなくらい、顔をくしゃくしゃにしてユウナが笑う。
「それでね……、ユキに彼を紹介したいんだけど……この後、時間あるかな？」
「いいよ。私、次の講義が休講になったから付き合うよ」
「……ありがとう」
「それに、ユウナがずっと好きだった人を見てみたいな」
「……あはは」

ユウナの顔が真っ赤になる。
その表情から、ユウナがすごく彼のことが好きなんだなと伝わってきた。
……ユウナ、よかったね。
「えと……それでね」
ユウナから、彼と待ち合わせしている場所を知らされる。
「そこなら、私分かるよ」
「だよね、……よかったあ」
「ユウナ一人じゃ行けないかもしれないから、尚更私も一緒に行くよ」
「……うん。ありがとう」
笑顔が可愛《かわい》いユウナ。
白く小さな手で、私の腕を握った。
「彼がね、どうしてもそこでユキに会いたいって言うの」
「？」
「とりあえず、彼氏に連絡するね」
鞄《かばん》からピンク色の携帯を取り出すと、ユウナはメールを打ち始めた。
今から行くとなるとかなり時間がかかるな。
移動距離を計算しつつ、私達は駅に向かった。
「一緒に来てくれて、本当にありがとう」
「ユウナ、行ったことないの？」
「うん。ユキがいてくれてよかった……」
ほっとした表情のユウナと一緒に、電車に乗り込んだ。
「彼氏がね、絶対ここじゃないと嫌だって……」
「ふうん……？」
不思議に思いながら、携帯で次の電車の時刻表を調べた。

どうして、あそこなんだろう？
疑問に思いながら、ユウナの彼氏に会えることにワクワクする。
着いた場所は、東京。
私が進路を決めていた大学だった。
懐《なつ》かしいな。
オープンキャンパス以来だ。
てっきり私は、この大学を受験すると思っていたのに。
「……ここに、彼氏が通ってるの？」
「うん……」
はにかみながら、ユウナが俯《うつむ》いた。
「門の所で待ってるって、彼氏が……あ……」
白い建物の外。
見覚えがある、背の高い男子が立っていた。

「ハルッ！」

ユウナが、……ハルくんに向かって駆け出した。
「ユウナ」
ハルくんが、ユウナを受け止めるのと……私を見て笑ったのが同時だった。

「よう、ユキ。久しぶり」
「……ユウナの彼氏って、ハルくんだったんだ」
「おう」
ユウナの両肩を掴《つか》み、改めてハルくんが私に言った。

「この子が俺の好きな人。大事で、大切で……守ってやりたかった女の子だよ」

昔、コンビニでバイトしていた時と変わらない笑顔で。
ハルくんは私に、好きな子を紹介してくれた。
照れるユウナを見て、私は納得《なっとく》した。
ハルくんが、ずっと好きだったのは……ユウナなんだって。

「え……ユキとハルって知り合いなの？」
ユウナが私とハルくんを交互に見る。
「そうだよ」
先に言ったのはハルくんだった。

「「友達だよ」」

今度は、二人一緒に声が重なる。
そんな私達を見て、ユウナが戸惑《とまど》った表情を見せる。
だから、私はあらかじめ連絡を入れておいた。
きっと、大学にいると思ったから。
思った通り直ぐに来てくれた。

「ユキ。東京まで、どうしたんだ？」

ハルくんの後ろから、コウが姿を現す。

「ユウナ、私も紹介するね」
いつもしてるように、私はコウに腕を絡《から》めた。

まさか、相手がハルくんとは思わなかったけど。
私には、ちゃんと彼氏がいるんだよって伝えるために……。

「彼が、私の大好きな人だよ」

私は「大好き」と言ったことがなかったから、いつも冷静なコウが慌《あわ》てるのが分かる。
「な……！」
「いつも話してたよね。私の彼氏のコウだよ」
うろたえるコウに、笑ってしまいそうになるのをこらえる。
「え……そっか。ユキの彼氏もハルと同じ大学なんだ……」
「うん。学年は違うけど、学部も同じなんだよね」

あの日、私はコウと付き合うことになった。
遠距離だったけど……辛《つら》くはなかった。
だって、コウは私に色んなものを残してくれたから。
コウは次の学校で進路を医学部に変えていた。
うちの病院で働きたいらしい。

『コウ……絵は……？』
『言っただろ。絵は趣味だって』
『でも……』
『僕が、医者になるよ』
『……え』
『だから、ユキは好きにしたらいい』
『どういうこと？』
言っている意味が分からなくて、瞬《まばた》きする私に真剣な顔でコウは言った。

『結婚しよう』

って。
それは、私が一番欲しかった言葉《ことば》。
前にキョースケくんが由香にしたプロポーズみたい。
あの時、私は悔しくて哀《かな》しくて……正直、由香に嫉妬《しっと》していた。
だから、本当は嬉《うれ》しいのに頷《うなず》くことしかできなくて……。
ずっとコウの気持ちから目をそらしていた私には、彼を「好き」って言う資格はないと思っていた。
でも、今は違う。
ちゃんとみんなの前で、コウのことを好きと言える。

「本当に、……本当に大好きなの」
「ユ、ユキッ⁉」
焦《あせ》るコウに、ハルまで笑い出す。
「あはははッ！　コウ顔赤ぇっ！」
「うるさい！」
顔を赤くしたコウの右手が、私の口を塞《ふさ》ぐ。

３年間、リハビリを頑張ったコウの右腕は……元通りとはいかないけど、痺《しび》れもなくかなり順調に治っていた。

「私も、ハルが好きだよ」
「ユ、ユウナッ⁉」
今度はユウナが、ハルくんに抱きついた。

「ハル。お前も顔が赤いぞ」
「う、うっせ！」
「あはははは」
なんて、みんなで笑い合っていると。
ビックリするくらい綺麗《きれい》な女の子が近づいてきた。
「……バカップル」
冷たい目で私達を見たその女の子は、溜《た》め息《いき》が出るほど美しかった。
「……アイ」
「これから次の講義行くけど。ハル、あんた単位足りてないよね？　私、知らないから」
「だ、代返とか頼めねえ？」
「イヤ」
意地悪そうな口調なのに、アイと呼ばれたその子は優しい微笑《ほほえ》みを浮かべた。
「じゃあね。森下先輩、また」
「うん」
ユウナと知り合いなのかな？
アイはユウナに会釈すると、去って行ってしまった。
「……ハル、出席日数足りないの？」
「ああ。そう言えば、よくサボってるのを見かけるぞ」
「うるせーよ！」
ムッとするハルに、またみんなで笑う。
「……アイにも、……」
「え？」
ユウナが、ポツリと彼女の名前を呟《つぶや》いた。
「そうだな。……幸せになって欲しいな」

「なんのこと？」
「さっきの女の子。あの子ね、片想いしてるんだよ」
「えっ！　あんなに綺麗なのに？」
「うん」
ユウナが意味深に微笑んだ。
「みんな、片想いしてるんだよ……私も、同じだもん」
ユウナが眩しそうにハルくんを見上げた。

片想い。
そうだね。
私も、昔辛い恋をしていたよ。
……でも。

「コウ。コウは講義に出るの？」
「出ない。せっかくユキに会えたんだ」
「へえ。コウでもサボるんだな。意外」
「ユキは別だ。それに、僕はお前と違って講義をサボったことはない」
「はいはい。頭いい人は違いますね」
苦笑いを浮かべながら、ハルくんはコウを促した。
「なら、これから４人でどっか行かねぇ？」
「行かない」
コウが即座に返答する。
「なんだよ、付き合い悪ぃな」
「僕はユキと一緒にいたい」
「うっわ。相変わらず独占欲強っ！」
文句を言うハルくんを無視して、コウが私の腕を引っ張る。

「ユ、ユウナ。そういうわけだから。私、彼氏の家に泊まるよ」
「うん……」
「……ああ」
ユウナが、ちらっとハルくんを見た。
「えっと……ユウナも、俺の家……泊まるか？」
ボソボソとハルくんが呟いた。
それに、ユウナがなんて返事をしたのか聞こえなかった。
コウの足が早すぎて、二人から直《す》ぐに遠ざかってしまったから。
だけど、なんて言ったのかは……なんとなく想像はついた。

二人に気を取られていたら、いつの間にか森みたいな場所に出た。
「……東京にも、こんな場所があるんだね」
「大学の敷地内だから」
「私、部外者だけど入ってよかったかな？」
「いいよ。僕が許す」
コウはそう言うけど、本当にいいのかなって思ってたら……突然キスをされた。
「…………ッ！」
いきなりすぎて驚いてしまう。
「コ、コウ……」
「好きって、初めて言ってくれた」
「………………」
「……嬉しかった」
優しく抱きしめてくれるコウは、相変わらず温かい。
「僕も、好きだ」

「……うん」

「最初から……ユキを見た時から、好きだった。僕も片想いをしていた」

私達二人は……付き合っているのに「好き」とは言わない恋人同士で。
今日初めて、お互いの気持ちを言い合えた気がした。

「ユキのためなら、なんだってできるよ」

私のせいで、腕を痛めたコウ。
リハビリを頑張ってくれたコウ。
私と一緒にいるために、お医者さんを目指してくれたコウ。

コウは本当に……私のためになんでもしてくれた。
だから、私も何かしてあげたかった。

「私も、コウのためならなんだってできるよ」

「本当に？」
「本当だよ」
「本当？」
「本当」

額と額を寄せ合って、笑う。

私、あなたが大好き。
世界で一番好きよ。
だからね。
直ぐに頷けたんだ。

コウの願いごとに。

「ユキ。僕と家族を作ろう。そして、最後まで一緒にいよう。僕は、ユキの隣で絵を描くから」
「うん」

コウの未来。
目を瞑《つむ》ると星がたくさん見えた。
そこには、まだ出会っていない私達の家族……子供達がいて……コウが絵を描いて……。

「ずっと、一緒にいよう」

幸せすぎて、答えられない私の代わりに。
空の向こうで一番星がきらめいた。

『スーパーカリフラジリスティックエクスピアリドーシャス』

この願い、叶《かな》いますように。

■あとがき■

今、皆様から頂いたお手紙を読んでいました。

すごいね。
繋《つな》がってるね。

この世界のどこかで、私の本を読んでくれている人がいるんだって思うと、いつも泣いてしまいます。

辛《つら》いとき、もうやめようって悩んでいる時。
まるで私のことを見ているみたいにお手紙が届きます。
その度《たび》に、頑張ろうって思います。

「ありがとう」
って、直接言いたいな。
いつかどこかで会えた時、伝えたい言葉がいっぱいです。

お手紙全部読んでます。

勇気を出して告白したあなた。
すごいね。頑張ったね。

家族と上手《うま》くいかなくて、それでも仲直りしたあなた。
私は親に対して強がってばかりいたから、あなたの純粋さが優しくてひたむきで、とても綺麗《きれい》だと思いました。

自分のことをひねくれてるって思っているあなた。
そんなことないよ。本当にひねくれてる人は、そのことに気づきもしないよ。あなたはひねくれてなんかないよ。
私の大好きないい子だよ。

辛い思いをしているあなた。
今は辛いかもしれないけど、辛い思いをしている分、人の痛みが分かる優しい人だと思うよ。

みんなみんな、私なんかより素敵《すてき》で。
頑張ってる姿に元気をもらってます。

本当はね。
大好きなあなたに会いたいよ。
私がお茶をいれて、美味しいお菓子を食べてお喋《しゃべ》りしたいね。
ケーキとか食べたりしてみんなでワイワイしたいね。

勝手だけど、私にとって皆様はかけがえのない大事なひとです。
傍《そば》にいてあげられないけれど、私はここにいるから。

本当に、いつかみんなと会ってみたいです。

「通学途中」のユキは、「通学電車」に登場している女の子でした。
いつかユキちゃんのお話を書いてみたかったので、彼女が主人公の話が書けて嬉《うれ》しいです。
余談ですが、月と白梅の日本画は、画家だったお母さんの絵をモチーフにしています。私の大切な宝物です。

単独でも読めるお話ですが、「通学電車」と時系列が同じなので合わせて読むと違う面が見えてくるかもしれません。

今回も、皆様のお陰で書籍化することができました。
いつもありがとうございます。
こんな私の本を読んでくれてありがとう。

ここだけの話ですが、ハルが主人公のお話を考えています。
書籍化になるか分からないけれど、書きたくて書きたくて仕方ないです。

いつかみんなに読んでもらいたいな。

「通学途中」が本になれたのも、本当に皆様のお陰なんですよ。
感謝してもしきれないです。

現在、マーガレットで「通学路」が連載されています。
長谷さんが「通学路」を完璧に漫画化して下さって、泣いてしまいました。

私はみんなに支えられて、本当に幸せ者だなと思います。

大切な皆さん。
全ての方に感謝しない日はありません。

「ありがとう」しか言えないけれど。

私、ずっとあなた達のこと、本当に大好きだよ。

いつか、会えたらいいね。
その時は直《ちょく》でお話しできるといいな。
大好きなみんなに会いたいです

いつか皆さんにお会いできることを願って…。

2011年晩夏。

みゆ

★この作品はフィクションです。実在の人物・団体・事件などにはいっさい関係ありません。

ピンキー文庫公式サイト

pinkybunko.shueisha.co.jp

著者・みゆのページ
（E★エブリスタ）

★ ファンレターのあて先 ★

〒101-8050　東京都千代田区一ツ橋2-5-10
集英社 ピンキー文庫編集部 気付
みゆ先生

ピンキー文庫

通学途中
～君と僕の部屋～

2011年10月26日　第1刷発行
2016年2月7日　第10刷発行

著　者　みゆ

発行者　鈴木晴彦

発行所　株式会社集英社
〒101-8050　東京都千代田区一ツ橋2-5-10
【編集部】03-3230-6255
電話【読者係】03-3230-6080
【販売部】03-3230-6393（書店専用）

印刷所　凸版印刷株式会社

★定価はカバーに表示してあります

ISBN 978-4-08-660018-7 C0193